黃易

經典・玄幻系列⑦

聖女

www.cosmosbooks.com.hk

書　　名 聖　女
作　　者 黃　易
責任編輯 陳幹持
美術設計 郭志民
出　　版 天地圖書有限公司
香港皇后大道東109-115號
智群商業中心15字樓（總寫字樓）
電話：2528 3671　傳真：2865 2609
香港灣仔莊士敦道30號地庫／1樓（門市部）
電話：2865 0708　傳真：2861 1541
印　　刷 亨泰印刷有限公司
柴灣利眾街德景工業大廈10字樓
電話：2896 3687　傳真：2558 1902
發　　行 香港聯合書刊物流有限公司
香港新界大埔汀麗路36號中華商務印刷大廈3字樓
電話：2150 2100　傳真：2407 3062
出版日期 2018年10月／初版

ISBN：978-988-8258-79-6

目錄

第一章 劫機驚魂

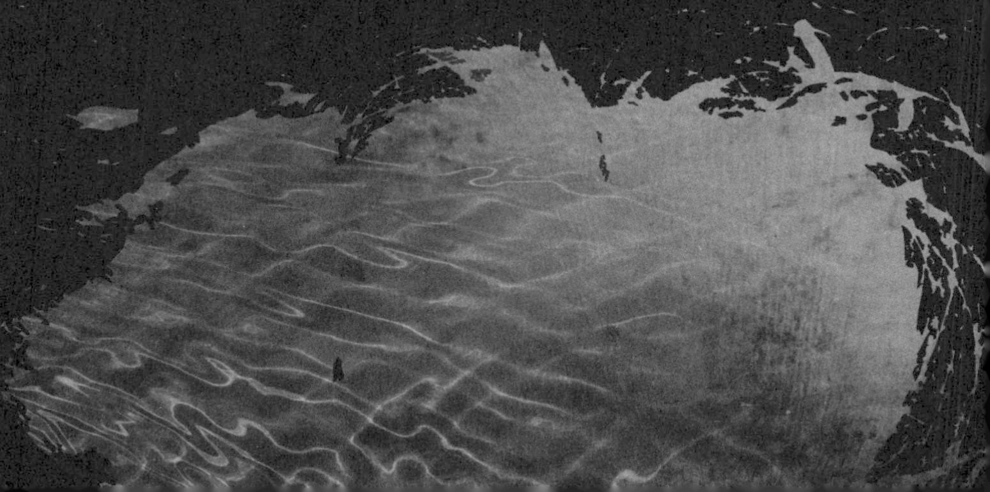

（加州，聖何西合眾社電）

一塊不知來自太空何處二百零九磅隕石，突然神秘失蹤。失蹤的原因，仍然毫無頭緒。

警方説該隕石今年八月在聖何西的「玄術天文館」被盜走。有關方面懸出賞格，聲明任何人能提供該貴重隕石下落的線索，可「獲重酬且不受任何查問」，可是迄今仍無半點消息。

該隕石四十年前由一位收藏家送贈該天文館。

凌渡宇放下報紙，暗忖這的確是奇怪極的事。試想這樣一塊大石，最少兩個大漢才抬得它動，居然神不知鬼不覺失去影蹤。其次，一塊隕石並非價值連城的東西，偷的話，那及一張名畫來得划算。而且放着天文館其他這麼多展品，為甚麼只是盜走了這樣的一塊大石，教人大惑不解。

凌渡宇搖頭苦笑，這可能成為一個永遠的啞謎。待要繼續看下去，擴音器傳來催促搭客上飛機的廣播。

「三〇七號由厄瓜多爾經秘魯往聖地亞哥班機的搭客，請由第十一號閘登機。」

凌渡宇看看腕錶，早上八時十五分，離預定起飛的時間遲了個多小時，苦笑一下，他組織「抗暴聯盟」的領導人高山鷹十萬火急召他往智利去，希望這兩個小時的延誤不致造成甚麼問題。

他收起報紙，站起身來，往十一號閘口走去，加入早等得不耐煩的旅客行列中。

輪候入閘長長的隊伍裏，有一群雄姿赳赳的青年男女，穿着整齊的運動員裝束，興高采烈地高談闊論，似是剛參加了當地的運動比賽，取得驕人的成果。

凌渡宇站在他們身後，留神一看，見到他們的運動衣上繡了古巴的國旗，是代表古巴的運動隊伍。

凌渡宇暗叫一聲不巧，他本人正是古巴政府的通緝犯，乃其情報局長尼均上校的頭號死敵。幸好運動無分國籍，假若這是古巴的秘密警察，便危險多了。

在這隊伍中，一位身材較胖四十來歲教練模樣的大漢，看到凌渡宇打量他的隊員，鄙夷地瞪了他一眼。

凌渡宇以微笑回報，不與他計較。

通過閘口，坐上來往機場大廈和飛機間的巴士，分許鐘後在龐大的客機旁停了下來。

機身在艷陽烈射下，閃閃發亮。

登機的舷梯前有一隊全副武裝的厄瓜多爾士兵，為搭客進行例行的登機搜查。

他們打量凌渡宇的健碩身材，搜身時特別仔細。凌渡宇坦然處之，為了避免不必要的麻煩，他連慣藏在胸前假肌膚內的數件法寶也沒有帶在身上，可說是徹底沒有武裝；當然，他用的仍是假護照，因為在南美和非洲他並非受歡迎的人物，以真正身份旅行，無疑是送羊入虎口。

飛機內塞滿了人，大部份都是遊客，其他則是回國休假駐南美的各國政府人員、商人及技術人員。

這時各人都忙着把行李塞進座位上的行李倉內，霸佔有利地方，嘈吵混亂。凌渡宇幾經辛苦鑽入機艙內，在他靠窗的座位坐下。

舒了一口氣，挨貼椅背，望向外面晴朗的天空，這個角度，恰好看到乘客登機的情形。仍然有三、四十位乘客輪候軍人的例行搜查。

剛好有一位身材修長的空姐走過。

凌渡宇順口問道：「小姐！甚麼時間可抵達聖地亞哥。」

空姐停了下來，顯然為凌渡宇出眾的風采所懾，打量了他幾眼，綻出如花笑容，答道：「下午三時許吧。」

凌渡宇想再問她航機要在利馬逗留多少時間，一張臉孔在空姐的俏臉旁出現。

凌渡宇立時目瞪口呆。

他肯定是個見慣美女的人，卻從沒有想過世間竟有這種程度的美麗。

空姐本身已是非常美艷的女子，但當那女子站在她身後時，一下子給比下去了。

假設空姐是一粒閃亮的星星，女子應是高掛天上、君臨大地的耀目太陽。

她長垂的鬈髮烏黑得閃亮耀目，雙眸子是晶瑩的深藍，在棕色有如緞錦的肌膚襯托下，像深海般無盡極。

凌渡宇不知怎樣去形容她，勉強的話或者可說她渾身帶着磁性的電力。

空姐感到凌渡宇的異樣，待把頭轉向身後望時，正好和那美女打個照面，亦呆了起來，顯然也給她的無可抗拒的魅力所震懾。

凌渡宇回過神來，銳目一掃四周，發覺附近的人全停了下來，目光箭矢般集中射往這令人目眩的陌生女子身上，坐在他身旁的胖子張大了口，動也不動的死盯着，口涎欲滴。

凌渡宇再定神細看，這才發覺她身上穿的是傳統白色的阿拉伯長袍，腰纏着一條長長的黑腰帶，使蠻腰纖幼動人，面紗、斗篷放垂下來。黑帶白衣，對比強烈。

他恍然大悟，這女子之前一定是把俏臉隱藏在面紗裏，否則早引起機場內的騷動。

低沉性感的聲音在她櫻唇響起道：「有位先生佔了我的座位！」

空姐如夢初醒地「噢！」了一聲。

那女子舉起纖長的玉手，把斗篷蓋在頭上，又把面紗橫拉，掩蓋了絕世的容色。女子轉身裊裊而去，空姐跟隨身後。

身旁的胖子嘆了一口氣，向凌渡宇輕聲道：「我願意獻上全數家財，換取她一吻。」

凌渡宇也嘆了一口氣，心想被人佔了座位，大可直接交涉，哪用勞動空姐，難道她不屑和男人交談。

這時最後一個乘客步上舷梯，那隊執行搜身任務的軍人，登上兩輛吉普車離去，留下兩個空姐站在舷梯旁。

凌渡宇待要閉目養神，視線被一輛駛來的車子吸引着。

那是一架深藍色印有「機場保安部隊」字樣的鈴木小型貨車，從候機樓一側的貨車出口處風馳電掣直駛過來，和那兩輛載着軍人離去的吉普車擦身而過。

車子在舷梯旁戛然而止。

這時兩輛吉普車剛駛進候機樓內。

小貨車上跳下八名身穿藍色機場保安人員制服的大漢，手持衝鋒槍，冷靜迅速地登上舷梯。其中一名的槍嘴指着舷梯旁的空姐，不知在說甚麼，空姐立時花容慘淡，露出震駭的神色。

「劫機」兩個字剛在淩渡宇腦神經內霹靂般閃過，他已整個人彈離座位，踏着椅背，跳到座位間的通道上。

他一定要在劫機者登機前搶到艙口，阻止他們登機。

四周的人駭然地望着動若奔豹的淩渡宇。

淩渡宇腳一沾地，立時往艙口的方向撲去，這時乘客均已安坐，通道除了幾個來回走動的空姐外，大致上暢通無阻。淩渡宇坐的是商用機位，離艙口只有十多米，他滿有信心能趕在劫機者登到舷梯頂時，搶到艙口的有利位置，加以迎頭痛擊。

剎那間躍到離艙口五六米的地方。

不幸的事發生了。

淩渡宇右腳腳踝一緊，不明的物體毒蛇般纏上來，跟着是一股力量猛將他向後拉。

他立時失去平衡，前衝的姿勢一下子變成猛向通道的地面狂撞仆去，這時唯一能做到的，就是改前仆為側跌。

敵人掌握時間和力道的準確，實在無懈可擊，即管以凌渡宇的身手，亦名副其實栽了個大跟頭。

凌渡宇肩頭剛觸地，雙腳全力一縮，整個人貼着機艙的地面向前撲，這一下前衝之力非同小可，估量可將糾纏物脱開，説不定能將偷襲者整個帶動，隨着速度仆來。豈知他一用力，腳下一空，纏索脱卻，便像一個人想拿起一塊百斤重的大石，豈知該石竟如羽毛般輕重，他用猛了力道，難受可想而知，立時在地上一連打了兩個跟頭。

速度剛停下，他隨即躍起，剛好看到揚起的槍管，對準了他的胸口。

棋差一着，滿盤皆落索。

八名身穿保安隊制服的大漢從艙口處閃了進來，分成兩組，一組往駕駛室衝去，另一組向凌渡宇的方向走來。其中一名矮壯大漢反手把槍柄重擊在淩渡宇腹部，手法淩厲純熟。

淩渡宇悶哼一聲，跪了下來。

他其實並非那麼痛楚，不過在衝鋒槍下，扮弱者比裝強人來得划算，況且他還有後顧之憂，因為一旦引起槍戰，必會誤傷無辜，這個想法使他強壓下反擊的欲望。

這時他才有機會轉身向身後的偷襲者一望。

又是那對清藍深幽的美目。

她解下了面紗，挺秀鼻樑下的鮮紅小嘴，掛着的是一絲不易覺察的冷意，纖美的手捲着一條長長的黑色鞭索。

淩渡宇認得那是她的腰帶。

她站在通道的中間，像一尊石雕的女神像，眼睛冷冷地盯着她的手下敗將淩渡宇。

劫機大漢在她身旁走過，佔領機艙內扼要的位置。

凌渡宇呆了起來，直到這時刻，他還沒法將這奇特的美女和偷襲者及劫機者連起上來。

這偏又是眼前活生生的事實。

機艙的傳音器響起帶着阿拉伯口音的英語道：「低下頭，舉起手，不准有任何動作，否則格殺勿論！飛機被我們劫持了！」

這時乘客們知大事不妙，人人面如土色，目瞪口呆。

艙內的數名大漢揚威耀武，揮動着自動步槍，大聲呼喝，眾人無奈屈服，低頭舉起雙手。

空姐們給趕到機頭的小廚房內，只有凌渡宇孤零零蹲在通道旁，和那阿拉伯美女互相逼視。

一名大漢走到凌渡宇背後，以阿拉伯語向那女子請示道：「怎樣處置他？」

女子臉容不動，驕傲地仰起俏臉：「趕他回座位。」語氣平淡從容。

飛機緩緩在跑道上移動。

兇徒們控制了大局，淩渡宇坐在座位上，心中的不服氣是難以形容，若不是被那女子手中的黑長索所破壞，眼下當是另一個局面。

飛機不斷加速，在陽光明媚的厄瓜多爾機場展翅升空，機場的控制塔一是尚懵然不知劫機的事，又或是無可奈何。

劫機者計劃周詳，巧妙地利用了機場保安的漏洞，一舉成功，而且動作敏捷俐落，熟練冷靜。

傳聲器再次響起：「現在可以放下手，不准交談，記着！你們的性命操縱在我們手裏。」

淩渡宇身旁的胖子哭喪着臉向淩渡宇苦笑，把舉得早僵痛了的手放了下來，喃喃道：「不知這天殺的要把我們帶到哪裏去？」

「閉口！」

一聲巨喝從前方傳來，一名皮膚黝黑、兩眼兇光閃閃的劫機大漢氣勢洶洶地揮動着手中的衝鋒槍，大步踏來。

凌渡宇身旁的胖子驚惶得臉無人色，頭垂下至胸前，雙手抱着頭，發抖的縮成一團。

大漢不可一世地警告道：「不准交談，否則格殺勿論。」跟着環顧眾人，喝道：「你們也是一樣！」

他的眼光掃到凌渡宇臉上，後者並不像其他人般迴避他的目光，而是若無其事般和他對視。

劫機大漢面色一沉，正要發作。

凌渡宇從容笑道：「我們到哪裏去？哥倫比亞？委內瑞拉？抑或是古巴？」

大漢一呆道：「你怎麼會知道？」

凌渡宇微笑道：「我是駕飛機的能手，航機這樣偏離航道，怎會不知。」

大漢狂喝一聲「住嘴！」，跟着狠狠道：「若想留下狗命駕飛機，停止胡言亂語，否則看我打破你的狗口。」

凌渡宇聳聳肩胛，閉上眼睛，他直覺這大漢只是故作兇悍，其實人並非那麼糟。

適時另一漢子向這大漢招手，大漢咕噥數聲，轉身去了。

凌渡宇把注意力集中在呼吸上，很快進入鬆靜的狀態。

一切有待飛機的降落。

任何的衝突，均不可以在飛行時發生，否則將演變成機毀人亡的悽慘結局。

凌渡宇嘆了一口氣，這時，一對深若大海的秀目，浮現在他的腦海裏。

她動人的美麗，的確令人驚嘆，但最使凌渡宇驚異的，卻是另一樣東西。

當他和她對視時，他感到她有一種奇怪的力量。那不單只是精神的力量，而且更包含了一類近乎「電」或「磁性」的力量，從她的眼中透射出來。

她的整個人充盈着這種力量，深深地強化了她出眾的魅力。

這究竟是甚麼一回事？

他們這次劫機為了甚麼？

她看來是這批阿拉伯人的領袖，但她憑甚麼能把這些一流的好手聚在手下，幹一件這麼冒險的事？

在男權至高無上的阿拉伯社會，她一個女子怎能攀登到這個位置？

第二章
堅持不下

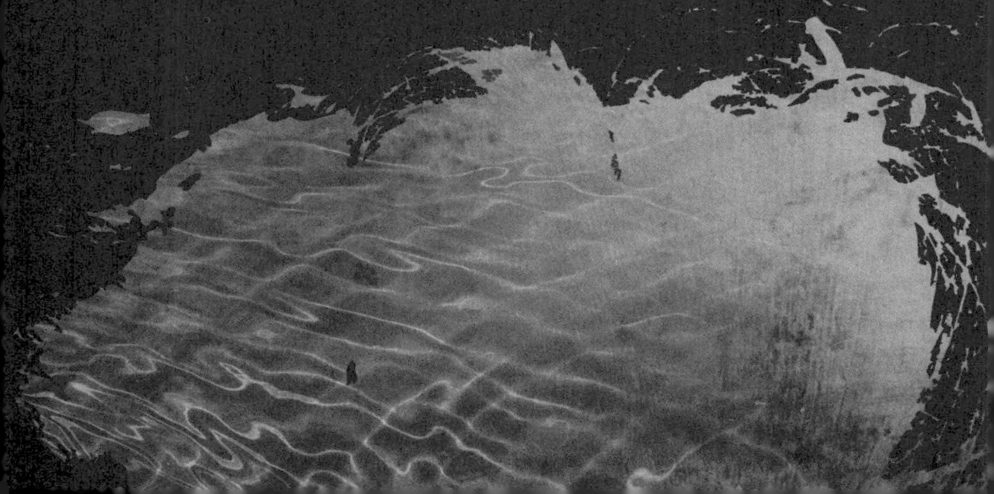

航機緩緩降落。全部窗簾奉劫機者的命令拉了下來。

機內一百六十二名乘客鴉雀無聲，在強權的壓伏下無奈地等待命運的發展和安排。

六名劫機者持着自動步槍，守在艙內幾個扼要的地方。

那美女和另兩名劫機者，留在駕駛室內。

旅客們面色沉重，間中有小孩哭叫，都立時給大人制止了。

凌渡宇有點奇怪，飛機為何這樣容易找到降落的地點。在一般情形下，大多數國家都不願惹上麻煩，讓被劫的航機降落，除非機內有他們不得不投鼠忌器的人物，想到這裏，凌渡宇暗叫一聲「天亡我也」。

他想到這降落機場所屬的國家了。

機輪接觸到跑道，開始滑行起來，最後緩緩停了下來。

機器的聲音由慢至無。

一時內外一點聲音都沒有。

那個早先用槍柄撞擊淩渡宇的兇悍矮子，從駕駛艙走了出來，大聲喝道：「古巴國家運動代表隊的全部人員把手放在頭上，站起身來！」

二十多名運動員面色大變，慌張失措。

那教練硬着頭皮站起身來，還未來得及抗議，身後另一劫機者用槍猛力捅了他一下，撞得他整個人仆往面前的椅背。

教練旁一個健碩的運動員以為有機可乘，想劈手奪槍，豈知劫機矮漢身手靈捷，倒轉槍柄，反手撞在他的肋骨處，運動員慘叫一聲，側倒一旁。

眾人噤若寒蟬。

淩渡宇暗叫一聲好身手。

兇悍矮子沉聲道：「再有一次這樣的情形，必殺！」當他說「殺」字時，咬緊了牙齒，聲音從牙縫迸出來，有如地獄傳出來的魔音，數名婦女嚇得哭出聲來。

愁雲慘淡。

「站起身來，手放在頭上！」

運動員像赴刑場受死的犯人，戰戰兢兢站了起來，劫機者的狠惡混和冷血，震懾了他們。

沒有人懷疑他們會否殺人和自己會否被殺。

劫機者把運動員分散安排在不同的座位上。教練恰好坐在凌渡宇身旁，代替了原先的胖子。

凌渡宇暗叫一聲完了，這樣做證明他們的底牌是古巴的國家代表隊；將這批運動員分散，使營救行動更加困難。這亦説明了這處正是古巴境內的機場。只有古巴政府，才不得不在這批國家運動精英的存亡壓力下屈服。由此亦可見這些劫機者並非魯莽行動之輩，一切都有周詳的計劃。

現在輪到他頭痛了。

因抗暴聯盟的關係，他是古巴的通緝犯之一，假設劫機者失敗，人質被救。他這個人質幾乎百分之九十會給古巴秘警認出來，那便真是冤哉枉也。

不過現在已是騎上了虎背。

站在人質立場，他希望古巴政府成功。但想到自己是古巴通緝犯，卻寧願和劫機者在一起，逃離險境。

這是難以解決的矛盾。

報話器沙沙響起，先前劫機者的聲音宣佈：「這次劫機，是我們對古巴政府囚禁默金先生的報復行動，現在是三時三十分正，在四個小時內，假如古巴政府仍不把默金交給我們，我們將每十分鐘殺死一名古巴運動員。」

旅客間一陣騷動，凌渡宇身旁的教練更是面色如土。

劫機的阿拉伯大漢冷冷地揮動手中自動武器，艙內立時死靜下來。

凌渡宇估計這番話只須說與機場的指揮塔聽，這樣在艙內廣播出來，目的在利用人性自私的弱點，因為起碼要古巴運動員全體被殺後，才輪到其他旅客，由此減少他們的危機感，縮小了打擊面，分化了群眾。

這樣高明的策略，究竟是誰想出來。

古巴政府可能是世界上最快能決定是否放人的一個地方，因為關鍵只在一個人身上，就是那至高無上的唯一統治者。所以很快會有答案了。

另一方面，凌渡宇心中又浮起那神秘阿拉伯美女的倩影。

六時四十五分。

沉寂的兩小時又四十五分鐘。

傳音器沒有響過。

談判在駕駛室和機場指揮塔間激烈地進行。

凌渡宇心中轉過幾個意念，都找不到一個兩全其美的方法——既能逃脱劫機者的魔爪，同時又不落入古巴情報局尼均上校的掌握內。

只有靜觀其變了。

兩名劫機者走到機艙門前，把艙門拉了開來。

另一名劫機者大聲喝道：「除了古巴運動員外，所有小孩和女人，都可以離去，記着手放在頭上，沒有我們的批准，不可以行動……」

旅客們露出歡喜的神色，雖然仍未能釋放所有人質，但談判看來是朝着良好的方向發展。

當然，只有凌渡宇是例外。

假若他被釋放，只是由一個虎口送到另一個虎口。

七時二十分，婦女和兒童都離開了被劫的航機。

一輛油車泊在航機旁加油。

機上剩下了九十七名人質，包括二十七名古巴運動員在內。

天色逐漸昏暗下來。

離劫機者的指定殺人時間只有十分鐘。

所有人質被集中在機艙的中間部份。

持槍守衛的劫機者臉容有若岩石般森峻，使人難以猜測他們心中的想法。而最令凌渡宇難受的，是那種給蒙在鼓裏的等待，不知事情進展至甚麼階段，也不知機外的情況，只有沉悶乏味的機艙內部和槍嘴的威嚇。

時間一點一滴過去。

七時三十分。

到了劫機者的最後時限。

先前矮壯強悍的阿拉伯劫機者面無表情地從駕駛艙走了出來，眼光冷冷地掃視眾人質。

艙內九十多名人質大感驚慄，大半數垂下頭來，凌渡宇身旁那教練嚇得顫抖起來。

面對死亡時，平日趾高氣揚的人變成了懦夫。

矮漢眼光停在教練身上。

教練的顫抖弄得椅子「格格」作響。

艙內的空氣凝結成冰霜的冷酷。

矮漢眼光移到教練身旁的凌渡宇臉上，後者毫不畏怯地回視。

矮漢雙目兇光大盛。

凌渡宇作了最壞打算，他當然不會甘心屈服，即管要死，對方也絕不會好受得到哪裏去。

在這千鈞一髮的時刻，矮漢抑制了正欲爆發出來的怒火，把眼光移開，來到兩排椅後一名黑人的面上，叫道：「你！手放頭上，站起來。」

黑人露出詫異之極的神色，扭頭四顧，發覺所有人的目光都集中在他身上，不能置信地用手指着自己的胸口，傻兮兮地道：「我？」

矮漢肯定地點頭道：「對！就是你。」

另一名劫機者從後撲了過來，槍嘴對着他的後頸，喝道：「手放頭上，站起來。」

黑人哭喪着臉站起來道：「你們是否弄錯了，我是美國人，也是反對古巴政府的，雖然我不知默金是誰，但只要是古巴的敵人，我就和他站在同一線上，我……」

矮漢面無表情地道：「你既是反對古巴，怕甚麼呢？難道不想離開這裏嗎？」

艙內各人舒了一口氣，假若談判破裂，劫機者首先要殺的人自然先是古巴的運動員，哪會拿個黑人來開刀。

凌渡宇隱隱感到不妥，這類交易通常是各走一步，一是整批人釋放，沒有理由只放一人，難道會是逐一釋放？他也想不到找上這黑人的理由。

他對今次劫機分子要求釋放的默金完全未有所聞，這代表了默金的名氣並不響亮。這樣勞師動眾的劫機，為的就是一個未為所聞的人，究竟原因何在。

他心中升起一股陰雲。

艙門打開。

黑人走了出去。

眾人除了淩渡宇外，都輕鬆了起來，沒有人希望善良無辜的人被殺害。

「轟……」

機槍聲震天響起。

一聲悽厲的慘叫從艙外傳入來。

眾人大驚望向艙口，矮漢手中提起的自動武器火光閃現，向艙外狂掃。

一時驚叫聲和怒罵聲、哭叫聲響遍整個艙內。

大部份旅客縮到椅底裏去，部份大膽的人憤怒得站了起來。

矮漢冷靜地提着冒煙的自動衝鋒槍，回過頭來，槍嘴對着站起來的人。

站起來的人，在威嚇下逐一坐回椅上。

尖叫的人停止了尖叫。

一時艙內靜至極點，只有緊張急促的呼吸聲此起彼落。

沒有人明白劫機者為何要槍殺一個黑人，要威脅古巴政府，自然應向古巴人開刀。

事情並非表面那麼簡單。

淩渡宇沒有像其他人般站起來叫罵，他冷靜地坐在位子裏，分析着整個形勢。

劫機分子開始殺人了。

一開始了屠殺，殺人的狂性會像瘟疫般蔓延開去，使殺人者完全喪失了理智。

下一個會是誰？

他一定要制止這批狂人。

救人要緊，把自己會否落在古巴政府手內這一考慮置諸一旁。

時間逐漸溜走。

矮漢獰笑數聲，眼光在旅客群中巡視，可憐的人質紛紛垂下頭來，有人忍不住哭了起來。

凌渡宇霍地站了起來。

一時機艙內近百對眼睛齊集在他身上。

凌渡宇傲然道：「不用找了！就是我吧。」

矮漢愕然，沉默了數秒後，冷笑道：「好！要充好漢，就讓你提早報到。滾出來！記着把手放在頭上，不要有任何動作。」

凌渡宇側身離座，當他經過那教練時，後者眼中透射出對他的佩服和崇敬。

凌渡宇的義憤激起了一個老人的勇氣，站了起來，高喝道：「要殺便把我們全殺掉吧！」

「轟！」

老人整個人給拋回椅背去，軟泥般滑落椅上，兩眉間血肉模糊。

驚人的準確槍法。

驚人的殘酷手段。

矮漢右手持着衝鋒槍，左手緊握着一支手槍，槍口仍在冒煙。

凌渡宇的手放了下來，準備前撲，可是矮漢的槍嘴轉向他的眉心，使他把動作像電影的凝鏡般停頓下來。

槍聲的餘響仍在眾人耳際內轟鳴。

沒有人敢吭一聲。

沒有人懷疑或挑戰他們殺人的決心。

矮漢嘿嘿冷笑，道：「把手放回頭上，乖乖地走過來。」

凌渡宇深深吸了一口氣，把手放回頭上，緩步向守着艙口的矮漢走去。

艙內其餘五名大漢舉起自動武器，威懾全場。

凌渡宇終於來到艙口。

機外新鮮空氣和微風拂進，使他精神一振。

矮漢移到他身後，低喝道：「滾出去！」

腰脊處微風襲體。

他知道對方想伸腳把他撐出艙口，讓他滾落舷梯，加以射殺。

這是他的機會。

他的身子猛然下縮側跌，手臂一夾，恰好把矮漢的腳挾在脅下，跟着腰勁一帶，矮漢失去平衡，向前仆過來。

凌渡宇一手劈跌他的手槍，另一手鎖喉，摟着矮漢向駕駛艙的方向圓球般滾去。矮漢亦是技擊高手，拚命反擊。

其他大漢喝罵連聲，卻不敢盲目射擊。

糾纏間凌渡宇一下膝撞，命中矮漢下陰。

矮漢悶哼一聲，全身痛得痙攣起來。

凌渡宇一手搶過他的自動步槍，槍嘴抵着他的下顎。

所有事發生只在數秒之內，其他劫機大漢趕到前時，形勢已逆轉。

凌渡宇這時面向着艙尾的方向，和艙內五名如箭在弦的持槍大漢對峙。

凌渡宇喝道：「不要動，你……」

話猶未已，背後駕駛艙門傳來一下輕響。

凌渡宇大叫不妙，待要把矮漢拖進座位，以應付腹背受敵之局。

頸項一緊，異變已起。

黑索靈蛇般纏繞着喉頸處，猛然內收。

凌渡宇連罵自己窩囊的時間亦來不及，眼冒金星，呼吸頓止。

他又想起那動人的美目。

一股無情大力把他一拖，失去平衡，側跌地上。

跟着肋脅間一陣猛痛，手中的槍脱手而去。

拖力來自繞頸的長索，脅則是受到矮漢的反擊。

冰冷的槍管抵着他的太陽穴。

那披紗女子冷靜地道：「不要節外生枝，默金快放出來了。」跟着道：「德馬，你太魯莽殺人了。」

凌渡宇肚腹重重中了一腳，滾了開去，直滾到座位的椅腳，速度才停下來。這當然是矮漢在拿他洩憤。

張開眼，恰好見到那條黑索被美女纖長的玉手圍繞在那動人蠻腰處。女子風姿綽約地站在打開了的駕駛室門處，俏臉藏在面紗裏，只不知那張臉孔是否掛着對手下敗將的不屑？

凌渡宇升起揭開她面紗的衝動。實在想不通這樣柔弱的女子，為何擁有這樣神乎其技的鞭法和那樣驚人的力量。

矮子面色陰沉站在另一邊，一面悻然不忿之色，顯是絕不服氣。

美女淡淡道：「先放其他人，只須留下運動員和飛機師。」看來她對矮子德馬的手段，並不滿意。

凌渡宇一顆心直往下沉，只望古巴方面沒有人認得他，如果禱告有效用，那他每一句禱文都將會和這個希望有關。

矮漢德馬低喝道：「站起來！聽到沒有，我說站起來！」

凌渡宇裝作很艱辛地站起來。

沒有人知道他驚人的體質和抗打力量足可使他發動最強力的反擊。

這次他的目標將是俏佳人。

矮漢喝道：「將手放在頭上，坐到座位去，你將是最後被釋放的人。」

凌渡宇心中一喜，只要不把他交給古巴政府，他仍有逃生的機會。這下他又暫時打消了反抗的念頭。他暗忖矮子對他動了殺機，故意騙要釋放他，其實只是如貓捉鼠般玩弄他。

他藝高人膽大，淡淡一笑，乖乖在一角孤零零地坐下。

那美女透過面紗，靜漠地凝視着他，不知心中轉些甚麼念頭。

第三章
路轉峰迴

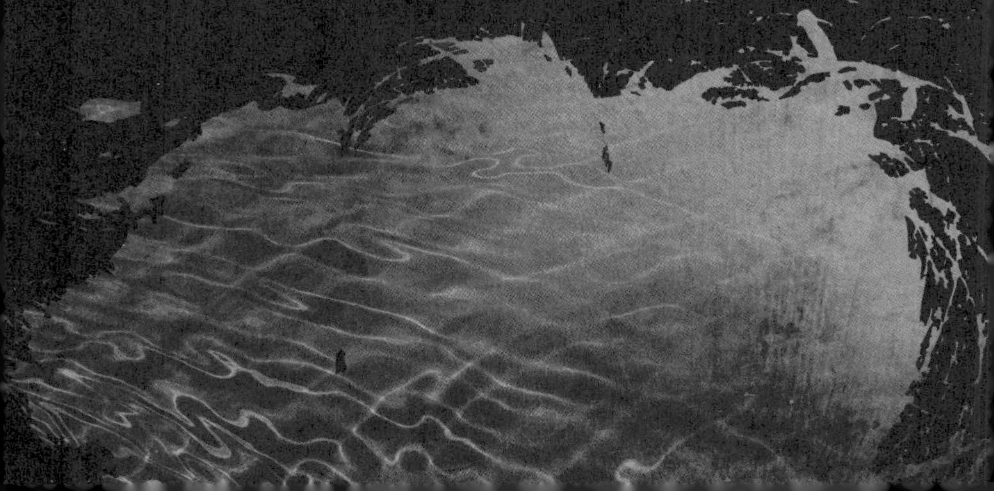

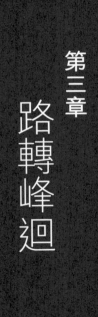

人質逐一離開機艙。

現在只剩下二十多名運動員、兩名機師、凌渡宇和八名劫機者。

當然，還有那披紗女子。

她站在機艙的前端，苗條的身軀裹在寬大的阿拉伯袍服裏，俏臉藏於薄紗後。

萬眾一心等待默金大駕降臨。

雖然她一動不動，可是凌渡宇卻從她輕輕波動的面紗，知道她呼吸急速了。

一直以來，她顯示出無與倫比的沉着和冷靜。

這一刻的緊張，是否因為是最關鍵的時刻？

還是因為即將見到這默金先生？

他們之間是甚麼關係？

為何要殺人迫默金過來？

默金為何不願被營救？

這一大串問題，使凌渡宇的頭也大了幾倍。

舷梯聲響。

有人緩步走上來。

所有人的眼光齊集在艙口處。

一個高大的阿拉伯人慢慢地步入艙內。

他的面滿是皺紋，看來最少有八十多歲，身材瘦長，步伐依然硬朗。皮膚比一般阿拉伯人更深黑，可能帶點黑人血統。

矮漢喝道：「舉起手！」

老者聽而不聞轉往阿拉伯女子的方向，眼中露出非常奇怪的表情，緩緩道：「是你嗎？」

女子輕應道：「是我，怎會不是我。」跟着嘆了一口氣：「這是何苦來由？」

除了默金和劫機者外，眾人都莫名其妙。

沒有人能明白他們間的對話。

默金不能置信地搖頭，道：「讓我看你一眼，可以嗎？」

女子靜默了三、四秒鐘，伸出纖美的玉手，解下了面紗。

那是不屬於人間的清麗，是仙界的女神。

凌渡宇、默金，甚至劫機者眾人，都沒法把目光從她俏臉移開，如醉如癡。

女子掩上面紗。

驚嘆聲在艙內此起彼落。

默金嘆道：「真教人難以相信，你變得這樣美麗……可是你快樂嗎？瑪仙？」

凌渡宇心中奇怪，這句話是甚麼意思？難道以前她並不是這樣子的嗎？

瑪仙轉過身去，冷冷道：「搜身後把他押在一角，通知古巴政府，要清除機場所有障礙物，我們放最後一批人，只留下兩個機師。」

劫機者領命而行。

半個小時後，運動員列隊並排，各人每隔一分鐘步下舷梯。

凌渡宇排在最後。

令人焦慮的等待。

在長時期的冒險生涯中，他從未曾試過像這眼下的進退維谷，不知所措。

還有最頭痛的，就是站在他背後那兇悍的矮子德馬。

他察探到德馬的殺氣和敵意。

「輪到你了！」

手持自動步槍的其中一名劫機者，揮動槍嘴向他示意，命他步下舷梯。

凌渡宇謹慎地踏出兩步，來到舷梯頂端的平台。

「咔嚓」。

背後傳來槍嘴上膛的聲音。

凌渡宇立時想起德馬的大口徑手槍和給他槍殺的那老人血肉模糊的臉。

他腦中迅速定下對策。

唯一機會，就是靠他敏捷的身手，翻到舷梯底下。

那是避開德馬準確如神的槍法的唯一福地。

「走下去！」

劫機者不耐煩地發出指令。

凌渡宇環視四周。

最後一個運動員，向着二百米外一群全副武裝的古巴特警走去。

凌渡宇全身一震。

全副武裝的特警裏，有兩個身穿便裝的大漢。其中一個面目陰森、矮壯強橫、四十多歲的男子正是古巴的情報局長，威震國際的惡人，他的死敵尼均上校。也是他在這個時刻，最不想遇上的人。

尼均同樣全身一震，拿起望遠鏡朝着他望去。

凌渡宇可以想像老虎見到不請自來的羊兒那種欣喜若狂。

「滾下去！」

凌渡宇苦笑一下。

他應該如何抉擇：被背後的德馬槍殺，抑或落在尼均魔爪裏受盡極刑。

一股冷意從背脊升起，他忽然想到矮子德馬並不會一槍結束他那樣便宜。

凌渡宇在他同黨面前空手制服了他，令他威信盡失，他會射傷凌渡宇的四肢，使他求生不得，求死不能。

這也是矮漢德馬捨自動步槍而用手槍的理由。

這些念頭電光石火般在淩渡宇腦海掠過，使他決定了跟着來的行動。

君子不吃眼前虧。

他緩緩舉起左腳，向下一級踏去。

全身的力量凝聚在右腳，當左腳尚未落地的一剎那，他將會利用右腳蹬之力，整個人彈起，翻下舷梯。

左腳向下踏去。

身體微弓。

這下彈跳翻騰，將全以腰力帶動。

在這千鈞一髮的剎那。

「轟！轟！」

機頭駕駛室處傳來兩聲悶響。

尼均方面的人蹲了下來，舉起機槍。

凌渡宇迅速回頭。

只見艙門內的劫機者露出緊張的神色，扭頭望向機頭的方向。

凌渡宇暗叫天助我也。

他快速地向後猛退，閃電般來到兩劫機者中間，兩肘猛撞兩人的肋骨。

兩名大漢側跌兩旁。

他一手撈着其中一人手持的衝鋒搶，待要奮力奪過，豈知對方非常了得，雖在劇痛中，仍一口咬着繫在頸項的槍帶，一時爭持不下。

凌渡宇暗叫糟糕。

一支冰冷的槍指着他的背脊。

德馬冰冷的聲音喝道：「停止！舉起手來！」

凌渡宇暗嘆一聲，無奈舉高雙手。

德馬沉聲道：「小子！你死期到了。」

凌渡宇心中一凜，這樣失敗，確教人心有不甘。

他感到死神的降臨和祂的獰笑聲。

「住手！」

德馬喝道：「為甚麼？我一定要幹掉他！」

女聲道：「德馬，你已殺了兩個人，還不夠嗎？讓他轉過身來。里奧！是他嗎？」

凌渡宇緩緩轉身。

瑪仙垂着面紗，盈盈卓立。

她身旁叫里奧的大漢指着他道：「就是他！是他說會駕飛機的。」

凌渡宇呆了一呆，記起剛才曾告訴這大個子自己是駕飛機的能手。

瑪仙冷冷道：「你說的是否真的？」

凌渡宇聳聳肩胛道：「真神阿拉在上，我是從不說謊的。」

矮漢德馬怒喝道：「異教徒騙子，沒有資格提阿拉的神聖名字！」

瑪仙不理矮漢，道：「現在是證明你說話的時候了，記着！說謊的代價是很大的。」

飛機在跑道上滑行。

兩名正副機師的屍體被拖出艙外。

他們身旁有兩柄手槍。

劫機者當然不會告訴他發生了甚麼事，但凌渡宇已估到這兩名機師受過反恐怖分子的訓練，駕駛位上藏有自衛手槍，發難時慘被槍殺。

駕駛室內傳來指揮塔驚怒的叫聲道：「駕駛員，立即回話！立即回話！停下飛機。你們是不會成功的！」

幾支槍管立時指着凌渡宇的背部。

矮子德馬一把關掉了傳聲器，喝道：「快點！否則殺了你！」

凌渡宇暗忖即管你不說，他也會不惜一切使飛機起飛，想不到敵我雙方逃走之心都是那樣迫切，世事出人意表者，莫此為甚。

警衛車的號角震天響起，從機後的兩旁追來。

「快！他們追來了。」

最少十多輛車，在機後箭矢般衝來。

凌渡宇有個奇怪的想法，就是這些追蹤者只是衝着他而來，與劫機者無關，因為古巴似乎很樂意把默金交出來。

跑道上出現激烈競逐。

凌渡宇一邊調校機翼，一邊將速度提升至極限，他要縮短起飛的時間，以免給對方趕到前面，變成路障。

兩輛裝甲車趕了上來，和飛機並排而行，逐漸超前。

德馬狂叫道：「起飛！起飛！」

瑪仙冰冷鎮定的聲音插入道：「閉嘴！」

凌渡宇既欣賞又驚心，這瑪仙在此等危急關頭，仍是冰雪般冷然處之，教人難以相信，尤其是她頂多只是二十來歲吧！

凌渡宇一咬牙，啓動飛機。

飛機升離跑道，斜斜向上提起。

「轟……」

駕駛艙左邊的機身立時露出一排彈孔，一名劫機大漢慘叫一聲，滾倒地上，鮮血染紅了地氈。

氣流從彈孔漏出去，壓力減低，整架飛機向右一側一降。

一下子降落了百多米，幾乎落到跑道上。

凌渡宇狂喝道：「堵住彈孔。」

幾名大漢這回倒真聽話，撲了過去，用手死按着那排彈孔。

凌渡宇增加機翼的浮力，飛機強烈顫動了幾下，終於回復上升的速度。

跑道遠遠給拋在下方。

凌渡宇估計發射的人十成九是尼均，只有那種深仇大恨，才會在兩名機師存亡未卜下，甘冒不韙，痛下毒手。但他心中更奇怪是這一排槍是洩憤的成份居多，而不是真的要把飛機擊下。

假若全部特警一齊開火，他們早成黃蜂巢了。

瑪仙的聲音在他身後響起：「幹得很好！」即管是讚美，也聽不出絲毫喜怒哀樂。

凌渡宇苦笑道：「你最好想方法堵好那些洞，否則恐怕要找地方緊急降落了。」

瑪仙道：「這個你放心，他們正在這樣做。」

凌渡宇側頭一看，德馬等正把衣布強塞進彈孔內，這當然只是權宜之計，在高空中飛行，一個針孔般大的氣洞，也可以造成致命的危險。

飛機忽升忽降，有點不受控制。

凌渡宇將飛機保持在一萬米的高度，希望飛機能穩定前進。

其中一個劫機大漢把一張地圖攤在他面前，指着一個紅點道：「你要把飛機降落在這裏。」

凌渡宇愕然道：「那是撒哈拉大沙漠，並沒有飛機場。」口雖這樣說，腦細胞卻在迅速活動，記下地圖上每一寸地方。

大漢詭異地一笑，道：「你看到紅點旁的大湖嗎？那是乍得湖，在湖北五十公里處，博德累盆地和特內雷沙漠間，有一個小綠洲，降落的地點就在那裏。」

凌渡宇還想抗議，一把槍管抵在腦後枕處，德馬粗暴地道：「小子！閉口，叫你怎麼做便怎麼做。」

凌渡宇氣往上衝，冷笑道：「好吧！我偏不做，一槍結束我吧！」

德馬的喘氣聲在背後響起，顯然在盛怒裏。

凌渡宇悠閒地嘲弄道：「記着！不要射歪了，否則會再多個漏氣孔。」

瑪仙插入道：「德馬！拿開你的槍。」

德馬謙恭地道：「是！阿娜拉！對不起。」

凌渡宇呆了一呆，他也略懂阿拉伯語，雖說不上精通，卻明白「阿娜拉」的意思是聖女，究竟她是何方「神聖」？

凌渡宇心想這時不談條件才是傻子，連忙道：「拿開槍也沒有用了，本人決定罷駛。」

眾大漢一齊怒喝起來。

像一群猛獸圍着待宰的獵物。

飛機猛地向下急降，使人的心臟欲脱口而出。

聖女淡然道：「説出你的條件吧！」

凌渡宇道：「成功降落後，保證我的安全，並安排我離開沙漠，到附近的城市去。」

德馬冷吼一聲，卻忍住沒有説話。

聖女沉默了一會，道：「這公平得很，我答應你。」

凌渡宇道：「以真主阿拉之名。」

聖女道：「以真主阿拉之名，不過你卻要保證不洩露我們絲毫的事與第三者。」

凌渡宇笑道：「你可以放心，我對你們的所作所為，一點興趣也沒有。我又不是兇殺組的負責人。」

室門打開，一名大漢進來道：「阿娜拉！請你救一救格拉斯，死神已鎖緊他的靈魂，只有你才能解開。」

凌渡宇豎高雙耳，留心聆聽；看那大漢的傷勢，只是他失血過量便大羅金仙亦不能挽回，聖女難道有回天之力？

聖女幽幽一嘆，道：「我的能力在減弱中，實在難以再損耗。」一下嘆息，聖女顯露出她人性的一面，分外動人心弦。可是她的說話卻令人摸不着頭腦。

大漢噗地雙膝下跪，垂頭道：「聖女！看在真神阿拉份上，請你大發慈悲。格拉斯是我巴圖的親兄弟，父母會因他的死傷心欲絕。」

大個子里奧跪了下來，哀求道：「聖女！你是我們族人的救星，默金已在我們手裏，一找回『御神器』，你的能力將會回復大海般深廣……」

聖女沉默了片晌，輕輕點頭道：「好吧！」轉身出去。

飛機這時越過了大西洋，飛進非洲大陸的上空，離開降落的地點只有四個小時的航程。

凌渡宇心內波濤起伏。

事情比他先前想像的更為複雜。

這聖女瑪仙，不但擁有近乎神異的驚人美貌，還擁有奇怪的治人力量，被這些阿拉伯戰士奉為天人。

他又想起她那種如電如磁的能量感。

里奧說的「御神器」又是甚麼東西？看來這是他們找上默金的原因。

默金又是甚麼人，為何古巴政府這般容易把他交出來？

凌渡宇回頭望向身側的里奧道：「你們是哪一族的人？」

身後的德馬插口道：「閉口！專心駕你的飛機。」

里奧道：「是特拉賈坎特人，阿拉的真正兒女。」

德馬怒責道：「里奧！為甚麼要告訴這個異教徒騙子？」

里奧冷冷道：「你和他的恩怨我不管，只知道沒有他，我們早戰死機場，你不服氣，可要求與他舉行『莫塞撒』。」

莫塞撒是沙漠民族的生死決鬥。

德馬悶哼一聲，道：「我會這樣做。」

凌渡宇無暇顧及他們的對答，心神轉到特拉賈坎特族上。

他對於非洲的情形非常熟悉，這特拉賈坎特部落是撒哈拉大沙漠兩個最兇悍的游牧民族之一，另外一個是圖雷阿部落。

十八世紀以前，特拉賈坎特部落一直牢固地統治着西撒哈拉地區，圖雷阿部落則統治着撒哈拉中部。

這兩個部族，是宿世死敵。

近二百年來，戰爭無時或已。

一八〇七年，兩族發生了史無前例的大決戰，特拉賈坎特部落大敗於圖雷阿部落之手，自此步上衰落的道路。

特拉賈坎特人藉以為生的跨越撒哈拉大沙漠的貨運貿易，亦隨之衰弱，引致政治和軍事力量退敗的連鎖反應。

一八九六年的「廷杜夫戰役」裏，特拉賈坎特人遭到再一次毀滅性打擊，潰不成軍，從此一蹶不振，再無抗爭之力。

圖雷阿人控制了撒哈拉大沙漠西中部地區。

在沙漠裏有的只是沙漠的規律，任何國家的勢力來到這裏也一籌莫展，所以沙漠名義上可能屬於某一國家，實質上卻由這些游牧民族牢牢抓在手裏。

兩個小時後，飛機深入撒哈拉大沙漠內。

滾滾黃沙，波浪般在下面此起彼伏，擴展至視野的極限。

人類雖然步進了核能時代，但這寬敞無匹的地域，仍是人類所不能征服的凶地。

它像永不能擊敗的惡魔，人類只能在它的爪牙下順應苟全。

這是世界上最大的熱帶沙漠，北接地中海和阿拉斯山脈，西臨大西洋，東瀕紅海，面積廣達八百六十萬平方公里，佔據了整個非洲大陸的北部，橫跨十一國的國境，與整個美國的面積不相上下。

歐洲人在十八世紀末開始進入撒哈拉考察，可是直到今時今日，仍有廣大地區未為人所知，是人跡罕至的絕地。

凌渡宇五年前曾和大探險家沈翎博士進入撒哈拉的邊緣區域，險死還生，不過像這樣深進沙漠還是第一次。目下勢成騎虎，只有見步行步了。

太陽從地平線升上來，把沙粒照得耀目生輝。

早晨來到這沙的世界內。

時空停頓下來。

凌渡宇感覺像是到了外太空的另一個星球上，這異域裏和一向熟悉的世界截然不同。

室門打開。

香風徐來。

凌渡宇忍不住回首探看。

聖女走進控制室，清秀的臉孔仍然深藏面紗之內，但凌渡宇比對她先前的從容輕巧，感到她現在確有種倦態。不知受傷的格拉斯給她治好了沒有，這將是證實她擁有超能力的如山鐵證。

聖女輕聲道：「還有多久？」

凌渡宇爽快應道：「四十五分鐘，請告訴我降落的細節。」

對凌渡宇比較友善的里奧答道：「在乍得湖正北五十公里處，有一片廣達三十平方公里的綠洲，綠洲東南角有條臨時築成的跑道，雖然簡陋，足可承受一次的航機降落。」

凌渡宇嘆道：「倒是計劃周詳，只不知跑道是甚麼鋪成。」

萊賽道：「是三合土和着碎石沙礫造的，應該沒有問題。」

凌渡宇點頭同意，一次降落應沒有問題。

早先為兄弟格拉斯求情的巴圖走了進來道：「默金睡過去了。」

瑪仙道：「小心麻醉藥的份量，他年紀大了，恐怕受不起。」語氣中透出一絲罕有的關懷，大異於先前的冷漠無情。

凌渡宇奇道：「奇怪，你也會關心人嗎？」

巴圖、德馬一齊怒喝，他們是不容許任何人頂撞至高無上的聖女的。

里奧解圍道：「聖女不是凡人，不是我們能夠明白和批評的。」

聖女輕描淡寫地道：「你是誰？」

這句話很奇怪，不是問他的名字，而是問他是誰，顯然在她心目中，凌渡宇絕不是泛泛之輩。

凌渡宇一方面感到自豪，另一方面也感到很窩囊，因為他已兩次在她鞭子下栽了跟頭。

他笑道：「相逢何須曾相識，況且一下飛機我們要各走各路了，希望你能給我一個有經驗的嚮導。」

里奧將一套深灰色的阿拉伯袍服、鞋襪和太陽鏡掛在他肩上道：「陌生人，你最好換過它們，否則沙漠的陽光，會令你一分鐘也受不了。尤其是你的皮鞋。」

凌渡宇感激地回頭，見對方數人穿回了傳統的阿拉伯牧人裝束，充滿了異國風情。

里奧笑道：「大荒漠是個撲朔迷離的妖婦，起始你會恨她，又會愛她，但最後你將完全弄不懂，究竟那是愛還是恨，只知她能給予你任何其他女人都不能給予的奇妙感受。」

第四章
異變突起

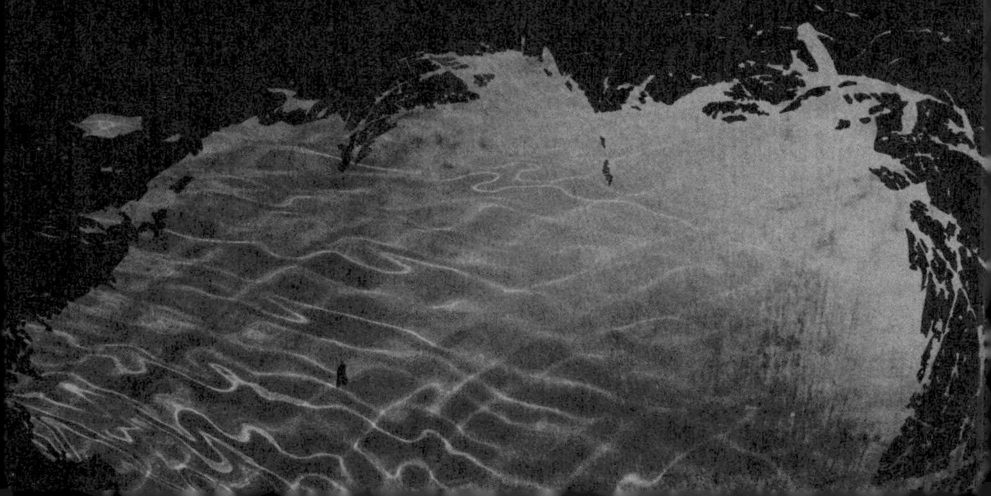

航機從萬多米的高空，逐漸降落至七千多米的高度。沙漠的情景，漸漸清晰起來。

凌渡宇的感覺，就像駕着在外太空探險的宇宙船，來到一個只有滾滾黃沙的大海裏，完全沒有半點的心理準備。

他的老友沈翎博士是全世界上頂尖兒的探險家，曾經這樣向他形容撒哈拉大沙漠。

「對外來的人來說，大沙漠是個永遠不能摧毀的堡壘，因為他們永遠不知道那竅門，況且即管當已走在通往那竅門的路上時，你是早已被自己對那青翠平原的思念折磨得半死。」

凌渡宇苦笑一下，自己這次更是被迫前來，那種悔恨，比之自願到沙漠吃苦的人又要強烈多了。

飛機繼續下降。

乍得湖在前方閃閃發亮，那是大沙漠內唯一的大湖。

當飛機來到乍得湖的上空時，凌渡宇把飛機來個九十度急轉，往正北飛去。

凌渡宇心中有點不情願，因為假設向西飛行，只數小時便飛離沙漠，現在的方向，卻是深入沙漠。飛機只剩下小量燃油，即管讓他再起飛，也沒能力到任何地方去。

漫無邊際的地平線展現眼前，除了廣袤的沙漠，閃閃發亮的沙粒，灼熱的天空，再不摻雜任何其他事物。

凌渡宇幾乎可以聽到駱駝的呻吟。

門打開。

幾個人走了進來。

凌渡宇回頭一瞥，立時看傻了眼。

剛才還在死亡邊緣掙扎的格拉斯，這時精神奕奕和德馬、里奧、巴圖等站在他身後，興奮地看着機下的滾滾沙海。

凌渡宇很想看看他的傷口，查看是否連彈頭也給拔了出來。

凌渡宇隨口問道：「聖女在哪裏？」剛一出口，才覺得不妥，敢情他發覺心裏實在記掛着她，故衝口而出。

德馬冷哼一聲道：「你不配提她的名字。」

對凌渡宇較有好感的里奧答道：「聖女她休息一會，飛機降落後才會醒來。」

凌渡宇暗想這就對了，聖女的能力就像他的氣功一樣，是有限的。不過她能把格拉斯從那樣無可挽回的傷勢變回一條生龍活虎的好漢，凌渡宇卻是聞所未聞。

里奧興奮的叫聲驚醒了他。

「看！就是那裏了。」

凌渡宇極目遠眺，遠方一片綠色逐漸擴大，兩個火堆熊熊燒起，煙火直衝上天，火堆間是條長長呈黑色的臨時停機道。只不知他們對飛機降落的力學認識有多深，不過目下只有碰一碰運氣了。

飛機開始降落。

綠洲上的景物愈來愈清晰，跑道旁佈滿了人和駱駝。

雖然進入了核能時代，在沙漠裏行走，駱駝依然是從一個水源跑到另一個水源的最佳運輸工具。

剛痊癒的格拉斯笑了起來道：「我的三位妻子一定在歡迎的行列中。」

他們今次的劫機行動異常危險，各人均抱着壯士不還的心情。因為古巴政府絕非善類，今次輕易得手，連時間也沒有拖延，說出來實教人難以置信，所以連樣子兇惡的德馬亦露出罕有的一絲笑意。

凌渡宇一面調校儀器，一面卻在頭痛沙漠裏的行程。老友大探險家沈翎曾向他細訴沙漠中的種種情形，結論依然是可避則避，沙漠中很多凶地，連在其中累世生存的游牧民族也視為畏途。

沙漠的變幻無常，是人所永遠不能掌握和理解的。

飛機的前端對着跑道的方向，開始俯衝。滑輪放下。

德馬忽地撕心裂肺叫了起來道：「中計了，是圖雷阿人！」

滑輪擦在地面「吱吱」作響。

新建成的跑道抵受不住巨大的壓力，裂痕八爪魚般由滑輪接觸點向四方擴展，滑輪到處，跑道粉碎，可是仍然勉強把下降的衝力承受了過去。

窗外滿是乘着駱駝的戰士，跟着飛機狂奔。

凌渡宇當機立斷，加強了衝力，調整機翼，飛機開始加速。

跑道的盡頭在二百米外。

凌渡宇嘆了一口氣，兩手繁忙地操作。

飛機升離跑道，像隻點水的蜻蜓，一觸水便飛了起來，留下了一道道漣漪——跑道上的裂痕。

同一時間。

密集的機槍聲在四面八方響起。

德馬法眼無差，歡迎的人群，換成了置他們於死地而甘心的大敵。

沒有人知道發生了甚麼事。

機窗紛紛破碎。

眾人伏了下來。

「轟！」

全機隆然一震，一邊機翼在火光中解體，散落四方，飛機中了火箭炮一類武器的攻擊。

飛機升離和越過了跑道，最少衝出了三千米的距離，機翼一斷，失去平衡，側向一邊墮去。

艙內的人玩具般往一側傾跌。

凌渡宇一手攀着椅子，極力撲到控制儀前，盡最後努力。他只希望能使飛機觸地時，減至最少的傷害。

飛機向上再衝出了七、八公里，才向下滑落。

凌渡宇按下了剎機掣，將襟翼張開，盡量拉慢飛機的速度。

飛機往漫漫黃沙衝下去，帶起的狂飈把沙塵颳得漫天飛舞。

「隆！」

飛機輪一碰上沙面，立時折斷。

機身像保齡球般滑行。

「轟！」

僅餘的另一邊機翼斷折開來，飛機改前衝為橫撞。

終於停了下來。

「轟隆！轟隆！」

一連兩聲爆響，使機身跳了起來。

凌渡宇爬起身來，入目滿是黃塵，從破窗處湧進來。

爆炸來自機尾的部份。

沒有人知道下次爆炸會在何時，不過肯定的是不宜久留，而且要盡快離去，這裏離開適才中伏的跑道，最多也是十多公里，若不想變成活靶，唯有三十六計，走為上着。

德馬的聲音響起道：「快！去看聖女。」

這兇悍矮子對聖女的忠誠，在這刻表現出來。

格拉斯站了起來，扭動通往艙內的門把，卻無法打開。

里奧喝道：「讓開！」

跟着是機槍的響聲和充塞空氣裏的火藥味。

格拉斯猛撞兩下，機門被打開來。

淩渡宇跟着眾人尾後，進入了艙內。

艙內濃煙密佈，機尾處火光閃現，隨時有大爆炸的可能。

艙門大開，格拉斯的兄弟巴圖在機外大叫道：「快下來，我們在等你們！」

凌渡宇來到艙門處，他是最後一個人。

聖女冷靜地站在沙上，她旁邊是昏迷了的默金。默金旁有一袋袋的東西，還有十多個羊皮水袋，着實是準備充足。

德馬一手抽出手槍，對準站在艙門的凌渡宇獰笑道：「小子！你的任務完了，讓我送你歸天吧！」

凌渡宇不屑地道：「難道你不記得聖女曾以阿拉向我保證嗎？」

德馬道：「阿拉是不會照顧你這類異教徒的。去死……」

聖女的聲音響起道：「德馬，將你的槍瞄向敵人吧，他們可以在兩小時內趕到這裏，這位先生曾救了我們兩次……我們還未報答。」

凌渡宇苦笑道：「這大可不必了，只要不把我當作一隻蟻般隨意踏死，便心滿意足，要向阿拉還神了。」言罷跳了下去。

里奧一拍他的肩頭，道：「來過沙漠沒有？」這大個子對他特別有好感。

凌渡宇道：「我到過阿爾及利亞和中非的沙漠……」

里奧笑道：「比起現在要去的地方，那些只算是遊樂場。」

凌渡宇透了一口涼氣，道：「你們到哪裏去？」他故意強調「你們」這兩個字，因為他沒有和他們走在一道的興趣，想到這裏，聖女的臉容又飄然浮現。

里奧用手指往沙漠的東南方，道：「假若默金沒有騙我們，我們便要到『魔眼火山』下的荒城一趟了。」

凌渡宇恍然，原來他們從默金處得了線索，找尋失物。不知默金是自願說出，抑或是被嚴刑迫招。假設默金是聰明的話，則應不會全盤托出，以至失去利用價值。無論如何，這批在聖女率領下悍不畏死的阿拉伯強徒，一天未找到御神器，也不會殺死默金，自己看來就不會那麼幸運了。來到沙漠，他有如一個不懂泳術的人，給擲到大海裏去。

「走快點！」有人在前方催促。

凌渡宇搖了搖頭，把過往截然不同的世界和生活拋到腦後，向着漫無邊際的沙漠邁步走去。

默金還未醒來，給他架在肩膊上，成為重擔。

他們都是戰士，只有他身份最低，介乎俘虜和奴隸之間，這任務自然落在他肩上。

也好！

這是個難得的機會，回到人類一無所有的原始世界去。

他想起但丁在《地獄》篇中的說話：

「你們到這裏來，就是要把一切希望拋棄。」

第五章 沙漠逃亡

德馬把耳朵貼在沙上，留心聆聽。

聖女站得遠遠地，俏臉深藏紗內，沒有人知道她在想甚麼？不知是眾人對她因敬生畏，或是她不願和人接近，她總是孤零零站在人堆外。

凌渡宇從未聽過她和這八個阿拉伯人有任何對話，除了發出命令。這些阿拉伯人則似乎覺得這是最天公地道的事。

急步走了整個小時。

遺棄的航機變成了地平線上的一個小點。但從它身上冒出的火光和濃煙，卻叨叨不休地提醒他們，敵人是會隨時啣尾追上的。

德馬跳了起來，面色出奇地凝重，望向遠方的聖女道：「聖女！我認為圖雷阿的白狼親自來了。」

眾人面色一變，齊齊現出驚懼的神情。

聖女不慍不火地道：「你是因為他們迅速追近，認為只有白狼才能做到，是嗎？」

德馬點頭。

聖女解下面紗柔聲道：「我們當中分出一半人來，引開追兵，只有這樣，我們才有機會和我方的人會合，去把御神器找回來，有了御神器，十個白狼也不怕了。」

巴圖大聲道：「聖女，你放心吧！為了你，為了特拉賈坎特族，我願意擔當這一光明任務。把命運放在阿拉手裏。」

跟着另有四人加入。

聖女轉過身去，戴上面紗。

凌渡宇看到眾人茫然若有所失的神情，暗嘆一聲，這聖女利用自己美麗所產生的魅力，蓋過了眾人對白狼的恐懼，運用得恰到好處，她不但是用鞭的高手、能起死回生的大醫師，亦是心理戰的專家。

這時連凌渡宇也很想知道她誓要尋回的御神器究竟是甚麼東西了。

兩個小時後。

飛機的殘骸早消失在後方的地平線上，只剩下一小股黑煙，混和在天空的雲裏。

太陽逐漸西沉。

以淩渡宇的體質，也感到肩上的默金愈來愈重，大吃不消。火炎的太陽，令喉乾舌燥，但既然沒有任何人喝水，也只有苦忍，免招羞辱。

現在只剩下遠遠領前的聖女、德馬、格拉斯、里奧、他和默金。

大約半小時前西南方曾傳來密集的機槍聲，顯然是巴圖等五人在引開敵人，不知他們逃命的機會有多大？

在視野所及的範圍內，唯有光禿禿的岩石和平展的黃沙，連續不絕地伸向遠方。

令人厭倦的單調景色永遠沒有盡頭，茫茫沙海使人生出不寒而慄的恐懼，即管天氣是那樣地炎熱。

沙粒反射的光芒，令人眼睛赤痛。

里奧背着一大袋東西，走在他身旁道：「你非常強壯！」

凌渡宇苦笑道：「我是外強中乾。甚麼時候停下來休息？跟着又怎樣？」

里奧道：「快了！到了迷宮，便可以歇下來了。記着，不要說明天會遇到甚麼，只可以說明天阿拉會給我甚麼安排。」

凌渡宇奇道：「迷宮？」他聯想起了早先那張地圖上一個滿佈黑點的地方。

里奧道：「那也不算甚麼，屆時你會知道，聖女估計白狼將很快追上來，只有在迷宮處，我們才有反擊和逃走的機會。」

繼續行程。

凌渡宇看到一隻駱駝，它已被風化成一堆白骨，脖子奇怪地扭曲着，說明在瀕死前的無奈掙扎。希望那不是他將來的寫照。

太陽終於降在地平線下，整個沙的世界立時轉化作另一個天地，滾滾熱浪被刺骨的寒風所替代，刺眼的白光被一種美麗的淡藍色調換了下來。深黑得發藍的天空裏，嵌滿了恒河沙數的繁星，使人深受這宇宙浩瀚無邊所震撼，對於廣闊的沙漠也較為忍受得了。

因天氣炎熱而萌生的煩厭情緒，被倦怠和寒意代替，淩渡宇體質過人，拒絕了里奧代他肩負默金的好意，咬緊牙根，在夜幕低垂的茫茫荒漠中，一步一步踏着柔軟不受力的沙子，向着「未知」的國度前進。

天色愈來愈黑，一百步外的事物模糊不清，六個人聚攏在一起，聖女帶領行走。

星夜下聖女優美的身形，雪白的袍服，像只有在晚上才出來活動的幽靈，引領他們到達鬼魂的國度。

摸黑急走三小時後，一列亂石横亘在前方，銀鈎似的彎月升了起來，灑下淡淡清輝，隱隱約約勾畫出一大堆亂石的輪廓。

他們從兩座高聳的花崗岩間進入，凌渡宇才發覺亂石有大有小，大的足有三至四十米高，小的是沙礫以至拳頭般大的石塊。無數石頭雜亂無章地在大地展開，構成了眼前奇異的天地。

凌渡宇明白了迷宮的意思。

在亂石中走了大半個小時後，一行人停了下來。

里奧拿來了羊皮水囊，與凌渡宇分享。

里奧挨坐石上，道：「羊皮水囊是不能被替代的寶貝，帆布袋漏水，塑料水壺在炎陽下會軟化，鋼或錫的盛器則磨傷駱駝的兩腋，只有這東西最好。」

凌渡宇望着手中的水囊，表面看上去骯髒不堪，沾滿了沙土，不過不知是否太口渴了，水是清甜的。

他目光一掃，見到其餘四個人，聖女卻不知躲到哪裏去了，旅途寂寞，他倒很想和她閒聊，可是她有種使人不敢親近的氣質。

默金醒轉過來，默默地喝水和吃着德馬遞給他的乾糧。他的神態悠然自得，不時仰首望向滿天的繁星，眼中露出喜悅的光芒，有若遊子重回到他的家鄉，即管是被綁架回來。

里奧走了開去，回來時手中拿着兩個飯盒，一個遞給凌渡宇，原來是機上的飛機餐。

二人大嚼起來。

里奧咕噥道：「異教徒的食物相當不錯。感謝阿拉。」

凌渡宇幾乎連口中的芝士也噴了出來，強忍着笑道：「你這人不錯，比他們好。」

里奧道：「不！我們全是好人，不過為了反抗圖雷阿人，不得不變成這樣吧。」

凌渡宇道：「假若敵人真的追上來，我們怎辦？」

里奧閉上眼睛，又口中念念有詞道：「不要說明天我要做甚麼，只可以說明天真神阿拉會給我甚麼安排。」

凌渡宇為之氣結。

格拉斯走了過來，擲給了兩人幾張毛氈，都是從客機上順手牽羊拿來，是名副其實的劫機。

凌渡宇又想起機上被殺的黑人男子和老人，雖然動手的是德馬，但他們每一個人，包括聖女在內，都要負上些許責任。這想法使他感到有點難受，因為在沙漠裏，他們是如此地悠然自得，使他不想破壞，但是他卻又是一個不能容忍惡行的人。這矛盾的感覺驅使他渴望離開這群人。

默金縮在一角，口中不時嘆氣，鬱藏着無限的心事。

其他人開始入睡，一團團的黑影，藏在月色照不到的陰影裏。

里奧則昏昏欲睡，徘徊在夢鄉的邊境。

凌渡宇問道：「聖女呢？」

里奧勉力睜開眼睛道：「她在照顧着我們的安全。」

如此即是放哨去了，凌渡宇奇道：「她不累嗎？」

里奧幾乎是呻吟道：「聖女怎會累，她從來也不睡覺，唉！有杯濃茶就好了……」身一側，打起盹來。

凌渡宇盤膝坐起，眼觀鼻，鼻觀心，不一會進入了禪靜的境界。

精、氣、神混融交合。

精力迅速回復過來。

當他再張開眼時，壯麗的星夜使他一時忘記身在何處。

離天明還有一段時間。

他站起身來，想四處看看。一種被人窺視的感覺湧了上來。

他裝作漫不經意地環視各方，里奧睡得像條大肥豬，身體力行地把命運託付於真神阿拉之手。

其他人蜷縮在不同的角落酣然進入夢鄉，只有仇視他的德馬處有微芒一閃，瞬即斂去。

是德馬的目光，見淩渡宇望來，連忙閉上。

淩渡宇心下暗笑，緩步從石隙間穿出去。

德馬沒有制止他。

他心中奇怪，旋則醒悟德馬恨不得他逃走，說不定還可以在背後補他一槍。

淩渡宇藝高人膽大，警覺提高，從容漫步。

柔和的月色和星光下，奇形怪狀的岩石，有若一隻隻溫馴的野獸，或坐或臥，極盡其態。

離開休息地點百多米處，淩渡宇全身汗毛忽然倒豎起來，心中一涼，幾乎要向後退卻。

他把這衝動壓下去繼續前行。

愈往前行，那種感覺愈強烈，電流在皮膚表面來回激盪。

他閉上眼睛，全心全意去感觸那電磁場的中心和源頭。

好一會後，他張開眼睛，向左方轉去，迂迴前進。

轉過了一塊特別大的石頭，全身一震，整個人目瞪口呆，望着眼前的景象。

一個詭異卻動人至極點的景象。

在一彎明月底下，聖女全身赤裸地跪在一塊平滑的石上，仰起清麗的俏臉，眼目深深地注進穹蒼無有極盡的至深處。

一尊白玉雕成的女神像，以一個凝固了的姿勢，捕捉了神秘宇宙裏某一刹那的永恆。

冰瑩苗條的身體在月色下閃閃發亮，是那深海中游動的美人魚，偶爾來到岸上吸收日月的精華。

她動人的輪廓，空山靈秀般起伏，烏黑的秀髮散垂下來，閃着奇異金黃色的電光，在黑夜裏，分外詭奇怪異。

凌渡宇不由自主地停下了腳步，急促地喘着氣，給聖女那超自然的美景震撼得難以自已。

聖女閉上雙目，在石上提起長袍，披在身上。

凌渡宇知道一生一世也不能忘記這動人的美景，那已深印在他的心靈上。

聖女轉過身來，從石上向他俯視，清澈的眼神不帶半點凌渡宇熟悉的人類感情。它只是兩個清不見底的深海，使人無從窺探內裏的神秘。

凌渡宇想說話，聲音到了喉嚨，變成了幾下乾咳。

聖女眼光從他身上移開，望往夜空，低聲地道：「宇宙有沒有盡頭？」像在問凌渡宇，又像在問自己。

凌渡宇想說話，但卻知道任何對這問題的答話都只會是廢話。

聖女幽幽嘆了一口氣道：「我知道是有盡頭的，否則『它』不會回來，但盡頭之外是甚麼東西？」她把俏臉轉了過來，眼神忽又變為冰冷。

凌渡宇沙啞着聲音道：「『它』是……是甚麼東西？」

聖女驕傲地把頭抬起，冷冷道：「夜了！回營地吧。」

她的話帶着令人難以抗拒的威嚴。凌渡宇差一點便掉頭離去，自尊卻使他的腳步停下。

凌渡宇深深吸了一口氣道：「對於救了你兩次的恩人，是這樣決絕的嗎？」

聖女眼光爆亮起來，深深望進他眼內，後者不屈地反視。

他並不想對方以對待下屬的方式處理他。

聖女嘆了一口氣道：「在現今這沙漠裏除了默金和白狼外，你是擁有最強大力量的人，所以剛才你感應到我發出的力量，你寂寞嗎？」最後那一句她說得特別輕柔，使人感受特深。

凌渡宇一呆，再次不知怎樣回答。聖女行事高深莫測，不易理解。若默金真的如她所說，擁有強大力量，他可真是看漏了眼。

聖女望向沙漠的遠處，淡淡道：「回去吧！敵人快到了。」說罷拿起一個圓圓的東西，放在口邊，吹了起來。

「嘟！」

尖鋭的聲音畫破了死寂的沙漠，回音在岩石間來回激盪着。

凌渡宇回到營地時，所有人都站了起來，拿着武器，除了默金。他停止了嘆氣，懶洋洋地倚坐石上，一副置生死於度外的模樣。滿臉的皺紋，好像在向人們訴説他以往淒苦的經歷。

聖女柔美的聲音響起道：「今次不在殺敵，而在逃命，只要和部落的戰士聯絡上，便有足夠的力量對抗白狼的追殺，開始找回御神器的旅程。」

凌渡宇這時才明白到這聖女的智慧，她派出一半人，阻延了敵人的啣尾窮追，又故意在這廣闊的亂石區磨了一整夜，引敵人前來。

只有在這樣的環境下，才可以發揮以少勝多的戰術，太多人反而目標明顯。

聖女道：「敵人將在半小時後來臨，以白狼的兇悍，多會採用突擊猛攻的方式，而我們則以靈活的遊鬥戰術，當他們陷進混亂後，從迷宮的東南角逃走。」

里奧迷惑地道：「東南方是寸草不生的『炎海』，凶險萬分……」

聖女道：「就是沒有人敢往那裏逃，我才從那個方向走……德馬！給這位先生武器和充足的彈藥。」

德馬神色一變道：「聖女！他只是個外人吧。」

聖女道：「他現在和我們同乘一條船，以貪婪著稱的白狼假若抓到他，他會有好日子過嗎？」

德馬無奈抓起一支衝鋒槍，向凌渡宇迎頭拋過去。

凌渡宇一把抓着，心中篤定了不少。幾乎每一場仗，他都是以寡敵眾，戰鬥經驗的豐富，肯定不會弱於在場任何一個人，他沉聲道：「這武器我只會用來自衛，不會為你們殺人。」

敵人的攻勢猶如山洪暴發，忽然間，四面八方全是騎着駱駝攻來的圖雷阿戰士。

太陽升離了地平線。

炎熱一下子充塞在天地之間。

凌渡宇迅捷地在岩石間跳動，全力往東南方逃走。在這生死存亡的時刻，全沒有仁慈和道理可言，可是未到最後關頭，仍不想傷害別人。

四周都是激烈的槍聲。

德馬等的槍法準確無匹，每次發射時，敵方都有人倒下駱駝來。聖女也背了自動步槍，沒有射擊，依然是那樣氣定神閒。

無人駕御的駱駝四處亂竄，戰場亂成一片，敵我難分。

凌渡宇開始時和里奧是一組，不一會便被衝散了。剩下他一人在岩石間迅速移轉。

當他撲往另一塊岩石時，身後異響傳來，他想也不想，就地一滾，原先立足處沙石飛濺，子彈彈跳。

他無奈扭身一輪掃射，一個大漢立時跌下駝背。他槍下留情，只是射中對方肩膊。

受驚的駱駝向他衝來，淩渡宇滾向一旁，險險避過滿身蹄印的厄運。

黑影一閃，一個徒步的圖雷阿人藉着駱駝的掩護，從後竄了上來。

淩渡宇大駭，正要滾入岩石下，力圖死裏求生。

一輪槍聲自右側傳來，那個正提槍發射的圖雷阿人打着滾，在鮮血飛濺中轉了開去。

淩渡宇側頭一望。

聖女手持自動武器，在他右後方悄立一旁，冷然道：「快走！我救回你一次。」

淩渡宇啼笑皆非，向指示的方向奔去。

他在岩石中發足狂奔，槍聲逐漸落在左後方。

走了數百步，轉出了一個彎角，一件物體攔在路心，凌渡宇幾乎摔了一跤。

一名大漢躺在血泊裏，是格拉斯。

他終於逃不出死神的魔爪，他的三位妻子要變成寡婦了。

正要繼續趕路。

「喂！」一個聲音從石後傳來。

他警覺地提起武器，一個人站了起來，滿臉淒苦的皺紋，原來是默金。

駱駝聲從背後傳來。

他一個虎跳來到默金身邊，嚴陣以待。

一頭駱駝直奔過來。

他鬆下一口氣，默金向前飆出，一把抓着駱駝頭部的繮繩，同時大聲吆喝。

凌渡宇不解地看着他。

默金叫道：「快來幫我！」

凌渡宇跑了出去。

默金熟練地猛拉繮繩，兩排牙齒間慢慢地發出嘶嘶怪聲，威嚇這龐大動物。

凌渡宇叫道：「怎麼樣！」

默金把食指彎成鈎子狀，猛抓亂搗駱駝的鼻孔，又把牠的鼻子用力朝下拽。

駱駝彎下前腿，後腿順勢跪下，然後臥了下來。

默金道：「不用了，還不快爬上來。」

凌渡宇才明白他在做甚麼，一把翻上駱駝的鞍背，默金雖是那樣的年紀，身手卻是出奇地敏捷，一把翻到凌渡宇前面。

默金道：「抓緊了。」

話猶未了，駱駝兩條後腿站起來，淩渡宇不由自主向前倒去，跟着駱駝又立起前腿，淩渡宇又向後倒去。

默金興奮地笑起來，大力一拍駱駝屁股。

駱駝向前奔出。

默金控制着繮繩，在岩石中左穿右插，不一會越過亂石堆，離開亂石迷宮，向着茫茫的沙漠前進。

槍聲還在後方傳來。

淩渡宇向默金道：「走錯了方向！」

默金道：「不！方向正確。」

淩渡宇指着太陽道：「太陽在我們的右側，現在你走向正北方。他們要我們往東南方的『炎海』集合。」

默金笑得咳了起來，喘着氣道：「看你生得精靈，原來其蠢若豬，若果喜歡回到那班狂人裏，舔那妖婦的腳板，請你立即下去，恕我不再奉陪了，唉！不過我也明白，她的確愈來愈美麗了。」

淩渡宇給他一輪搶白，啞口無言，他渴望和聖女多聚一刻，一方面是被她吸引，另一方面卻是因為好奇。

淩渡宇靈光一閃，叫道：「若是逃走，應該往南方走才是，那處是離開沙漠最近的路途。」

默金像個剛被釋放的囚犯，出奇地興奮，策動着駱駝，大笑道：「傻子終究是傻子，往南是乍德盆地，在乍德湖旁閉上眼睛每衝十步，一是撞進圖雷阿女人的懷中吃奶，又或踏在特拉賈坎特人撒的屎上，這叫逃走，笑死我了，哈……」

真是人不可貌相，這默金一面悽苦辛酸，一副在下一分鐘入土為安的模樣，竟然是個這樣生龍活虎、語語抵死的人。

在駝背的顛簸中，淩渡宇虛心問道：「現在到哪裏去？」

默金嚷道：「天曉得？」

淩渡宇嚇了一跳，道：「甚麼？」

默金側過頭來，把所有皺紋扭曲作了個怪臉，像老得要死的哈巴狗道：「不要説明天我要做甚麼，只可以説明天真神阿拉會給我甚麼安排，哈……」

淩渡宇氣得叫了起來：「騙子！原來你只是假裝昏迷。」

這句話是先前里奧對他説的，默金當時麻醉未醒，被淩渡宇托在肩上走路，現在他居然可以模仿里奧的説話語氣，不問可知，其時只是假作昏迷。

默金陰陰道：「有人自願當駱駝，我又怎能拒絕別人一番好意，哈……」

駱駝背着兩人，在沙上留下長長的足印。

迷宮在背後剩下一條黑影。

前方是邈無盡頭、微光閃爍的地平線和深鬱的藍天。

太陽快至中天，他們走了兩個小時。

默金收緊繮繩，駱駝停了下來，鼻孔不住噴氣，滿口白沫。

凌渡宇奇道：「甚麼事？」

默金老氣橫秋地道：「甚麼？下來吧！」自己先跳了下去，身手的矯捷，絲毫不遜色於年青的壯漢，只可用神蹟去形容。

凌渡宇為了免得又被人叫傻瓜，不情願地跳了下去。

默金牽着駱駝向前走，凌渡宇跟在一旁。

凌渡宇忍不住問道：「駱駝不是用來騎的嗎？」

默金瞪他一眼，道：「牠現在是我們的救星和再生父母，牠身上的羊皮水囊、行李和食物，是我們的唯一希望，累死了牠，你……」

忽地面色一變，望向東南方。

凌渡宇順着他眼光望去，只見一大團黃塵滿天飛舞，遮蔽了半個天地。

凌渡宇還未清楚是甚麼一回事，默金叫了起來道：「與你一起真倒運，教我一出門遇上大風沙。」

一獸二人，在廣闊單調的天地裏，是那樣地孤獨和渺小。

湛藍清澈的天空變得昏黃污濁。

黃塵漫天，陽光軟弱無力。

整個世界陰暗不明。

風開始時徐徐拂來，跟着逐漸加強，短速急勁，雖然驅去了炎暑，卻使人心中震盪着不安。

空間積累的塵埃愈來愈厚重，不一會四周視野一片泥黃，十多步外看不清楚。

兩人拉下面罩，弓着身向前推進。

駱駝不斷發出驚駭的嘶喊。

忽然間，狂風大作。

疾風一下子從四方八面沒頭沒腦襲來，帶着的沙粒箭矢般打在身上，隔了厚厚的布衣，依然使人痛不可當。

沙粒不但在空中狂飛，腳下的沙子也在亂舞急旋。

大沙漠顯露出狂暴橫蠻的一面，把二人一獸捲進驚濤巨浪的沙海裏。

凌渡宇狂喊道：「停下來！」

他們像颱風裏的小草，完全作不得主。

默金狂叫道：「不！一停下來，沙就把你埋葬。」

沙粒無孔不入地鑽進衣服裏，硬塞進他們的脖子裏、眼睛裏和喉嚨裏。

凌渡宇願付出一切，去換取以往的世界，免去這沙漠賜予的極刑。

他們有若盲人，摸索着前行。

風沙猛獸般在他們四周咆哮着。

不知過了多少時間，風沙逐漸平復下來。

天空中滿佈濃重的塵屑。

沙粒逐漸向下飄落，一層層撒在地上。

二人一獸筋疲力盡倒了下來，連喘息的力量也失去。

淩渡宇閉上眼睛，調節呼吸，進入深靜的休息裏。

默金的聲音響起道：「你知嗎……」

淩渡宇駭然睜眼，不能置信地望着精神奕奕的默金道：「你是老妖怪嗎？」憑他的體質現在亦只是回復了一半，以默金的高齡，竟像沒事人一樣，怎能不教他驚異。

默金倒是老實地道：「曾經不是，但現在卻是。」

淩渡宇皺起眉頭道：「你在說甚麼？」

默金揮手道：「不說這個，回到先前的話題，這場大風沙害苦了我們。」

淩渡宇嘆道：「這還用你說嗎！」

默金罵了聲傻子，道：「不是說這個，而是大風沙救了那妖婦，使她能逃出白狼的狼爪。」

凌渡宇奇道：「那場大風沙對他們雙方同樣不利吧！」

默金搖頭道：「全世界沒有人再比我更明白她了，她是沙漠裏唯一從不迷失方向的人，比我還要高明。」

凌渡宇不解道：「她有甚麼本領？」

默金嘆了一口氣，道：「你不會明白的。」

凌渡宇深明問話的技巧，轉口道：「我們都逃出來了，她為何逃不出來。」

默金瞪着他，又嘆了一口氣道：「你這傻子甚麼也不懂，我們可以逃出來，因為白狼的目標是她……唉！這白狼是連我也懼怕的怪物，十八歲成為了圖雷阿人的領袖，鼻子可以嗅到三里外走過的駱駝是公的還是母的，哈……」

面對這老怪物，凌渡宇一點也不知該怎樣去應付，在他面前的確變成了個呆子。

默金挑引道：「喂！怎麼不說話了？」

淩渡宇聳肩道：「你和聖女是甚麼關係？」

默金眼中光芒暴閃，一口涎沫吐在地上道：「啐！甚麼聖女，她是婊子、娼婦、母狗、妖婆……」抬起頭來，斜眼盯着淩渡宇道：「你知她是我甚麼人？」

淩渡宇搖頭，他倒很想知道。

默金認真地道：「她是我四十歲時買回來的小老婆。」

淩渡宇呆了一呆，喉嚨咕咕作響，忽地爆起狂笑，腰也彎下來道：「老人家，你多少年紀了，八十還是九十？」

默金一點也不覺得可笑，冷冷道：「如果你有父親，他可以作我的孫子。」

淩渡宇笑得更厲害了，上氣不接下氣地道：「你找錯了人，我父親生我時是八十歲，假設未死，現在應是一百一十歲了，你雖不是我的兒子，卻是他的兒子。」

默金想了想，也笑了起來，道：「那我是弄錯了，你父親只可以作我的兒子。」

凌渡宇笑聲倏止，呆道：「老傢伙，你不是認真的吧！」

默金嘆了一口氣道：「我是認真的，我今年是……」閉上眼睛，默默數算，道：「一百五十七歲又八個月另十七天。」

凌渡宇凝視着對方道：「那……那妖婦是多少歲？」

默金毫不猶豫地道：「最少有一百三十五歲，否則哪配稱為妖婦。」

凌渡宇一臉愕然，他知道默金不是在說假話。

一些非常奇怪的事曾發生在他們身上。

難道和那御神器有關？

他想起聖女的眼睛，那包含了很多很多東西、很悠久很悠久的歲月。

第六章 失手被擒

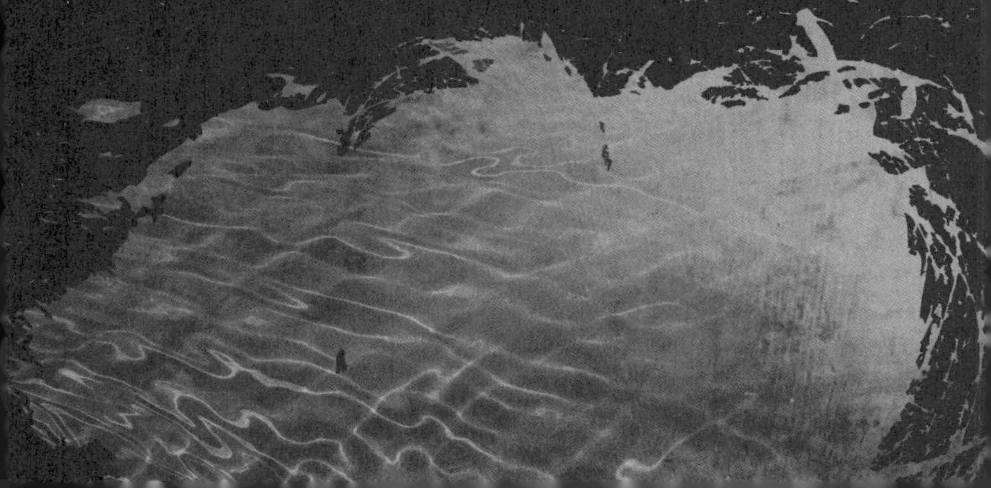

翌日早上。

二人一獸繼續行程。

在光禿禿的沙石平原踽踽獨行，頭頂上稀稀落落地飄着幾片雲彩。

乾燥和火爐般的氣溫，使大地失去一切生氣。

強光無情地向他們直射。

黃昏時分，沙石讓位與沙礫，當沙礫逐漸變成粗沙粒時，太陽躲到地平線下。

寒冷降臨。

凌渡宇失去對時間和空間的感覺，只知不斷地前進，在沙粒上留下一個接一個的腳印，人類和荒漠接觸時的短暫微痕。

夢幻般不真實的世界。

新月在昏暗的太陽餘暉裏，害羞地露出輕柔的仙姿。

默金興奮地叫了起來，道：「到了！到了！」加快腳步，牽着駱駝向前走去。

凌渡宇極目望去，依然是沙漠那單調得叫人發悶的地平線，在暮色裏似現還隱。

一個小時後，他們來到了一條乾涸的河，河床是青黑色的板岩。默金順着板岩往西南走。

兩個小時，天全黑了，在彎月指引下，到了板岩的盡頭。

凌渡宇歡叫起來。

眼前現出了一片綠色的園地，草地和灌木裏擠滿各種生物。

鳥兒在空中盤旋，蝴蝶聯群結隊在飛舞。

在這綠洲的心臟處，有一個水坑，水位很低，但足夠使這兩個長途跋涉的人欣喜如狂。

他們不理水坑邊滿佈的動物糞便，撲了下去，大口喝起水來。

蚱蜢在他們身上亂跳。

當天晚上，他們滿足地躺在離水坑十多米處的一個草地上，仰視天上點點星光。

宇宙壯麗動人。

駱駝悠閒地在吃草。

凌渡宇道：「下一步怎辦？」

默金道：「逃走，離開撒哈拉。」

凌渡宇道：「怎樣離開？」

默金坐起來道：「告訴你，你是身在福中不知福，假若沙漠要選舉最有本領的十個人，我一定可以晉入前三名，跟着我，甚麼也不用擔心。」

凌渡宇輕輕道：「御神器是甚麼東西？」

默金呆了一呆，面上現出非常奇怪的表情，也說不上是驚駭還是懊悔，垂下頭來，沉聲道：「不要問我，但願我從沒有見過那鬼東西，我便可以快快樂樂在沙漠生活，快快樂樂地死去。不用被那妖婦迫得提心吊膽。」

凌渡宇思索了一會，最後放棄了猜測，話題一轉道：「你為甚麼會被古巴扣留？」

默金露出個頑皮的笑容道：「我是蓄意讓他們關進牢裏的，否則，哼，尼均他休想碰到我一條毛。」

凌渡宇愕然道：「甚麼？」事情愈來愈複雜，使他頭大如斗。

默金嘆了一口氣，皺紋摺成了一堆，連眼睛也幾乎封閉起來，欲言又止。

凌渡宇躺了下來，他適才在沙漠走路時曾立下誓言，只要有機會躺下的話，絕不會站起來。

兩隻鵪鶉在夜空中混戰，發出吱吱喳喳的鳴叫。

默金沉沉地道：「百多年來，我東躲西避，遠離這令人又愛又恨的地方，可是三年前我忍不住，終於潛了回來，豈知一踏入沙漠，給那妖婦發覺了，幸好我是高手，哼！高手中的高手，逃了出去，唉！不過已吃盡了苦頭，告訴你吧！沒有人能使我吃真正的苦頭，除了她！那殺千刀的娼婦，枉我以前待她這麼好，費了那麼多錢買她回來。」

凌渡宇道：「我明白了！你為了躲避那……她，所以選了個鐵幕國家，住進了他們的『別墅』裏去。」

默金讚許地望了他一眼，大有「你這傻子也有不蠢的時候」那種表情，嘆一口氣道：「其中的細節不提了……不過！還是告訴你吧，那方法很巧妙，唉！我太久沒有向人說真心話了，一說起來難以控制……唉！」

凌渡宇笑道：「假設你要將一百年內所有的經歷全告訴我，倒沒有甚麼問題，因為這鬼沙漠一百年都走不完。」

默金詛咒了幾聲，沉默起來，眼神一忽兒溫柔，一忽兒憤怨，跌進了百多年的回憶深淵裏。

在沙漠的綠洲上，寶貴的水坑旁，在星月披蓋底下，夜是如許溫柔。

凌渡宇聽着蟲鳴鳥叫，沉沉睡了過去。不知過了多久，默金處傳來坐起身體的聲音。凌渡宇警覺過人，立時驚醒。

月色的清光下，默金面色出奇地凝重。

凌渡宇道：「甚麼事？」周圍一片平靜，半點異常的景象和聲音也沒有。

默金跳了起來，一把搶過凌渡宇放在一旁的衝鋒槍和子彈，走到遠處，回來時兩手空空道：「我塞了在水坑旁的板岩隙內。」

凌渡宇道：「甚麼事？」

默金道：「有人來。」

凌渡宇脫口道：「是聖女嗎？」

默金重重吐出一口痰，沉哼道：「聖女？不，不是那娼婦，是很多很多人和駱駝。」

凌渡宇側耳細聽，確是甚麼聲音也沒有。

默金和聖女擁有同樣能力，能察覺遠處人畜的動靜。

這是否屬於沙漠人的超靈覺。

淩渡宇不解地道：「為甚麼還不逃走？」

默金爽快地道：「逃不了，他們從四方八面包圍過來，一定是白狼，只有他才能嗅出我們的足印。」

這時南面傳來了陣陣聲響。

不一會四方八面也有聲音響起。

是駱駝的蹄音。

在綠洲激盪着。

默金道：「記着，甚麼事也由我來對答，他們不認識我，也不認識你。」

淩渡宇點頭。

默金道：「你懂阿拉伯語嗎？」

凌渡宇答道：「一點點，足可應付一般的對答。」

默金道：「那就好了。」跟着面色一變叫起來道：「慘了！那駱駝。」

凌渡宇心神一震，記起那駱駝是偷來的賊贓。

時間來不及了。

他們落在重圍裏。

各式各樣的武器，由最先進的自動步槍，到原始的來福槍，瞄着被圈起在中心的一老一少。

駱駝物歸原主，給牽到一旁。

綠洲上滿佈圖雷阿的戰士，最少有二百多人。

圍着的人一聲不響，目露兇光，殺氣騰騰。

默金裝作被嚇成一團，不斷抖索，演技直迫奧斯卡影帝。

凌渡宇依樣葫蘆，也扮成嚇得目瞪口呆，軟倒地上。

包圍的大漢中分而開。

一名大漢騎着一頭特別高大威猛、裝飾華麗的公駱駝，從容不迫地踏進圈子內，停在兩人面前，從高處俯視下來。

這人的年紀在四十歲上下，渾身充溢着精神和力量，一對眼兇光閃閃，臉孔比一般人長得多，青青白白，使人感到他殺起人來，絕不手軟。

他的腰肢脊骨挺得筆直，似是由水泥和鋼筋混合形成。

就像一頭飢餓的豺狼。

白狼。

沒有更貼切的稱謂了。

白狼眼中射出森嚴精光，在二人身上打量，最後停在淩渡宇臉上，用蹩腳的英語道：「日本人？」他的聲音沙啞高亢，使人難受。

淩渡宇剛要答話。

默金呻吟一聲叫道：「我只是他的嚮導，他說會給我一千美元，帶他往……」

白狼從牙縫裏迸出聲音冷然道：「閉嘴！還沒有問你這老狗。」

默金尖叫道：「看在阿拉份上……」

身後一名圖雷阿格人衝上，揚手一鞭抽打在他背上。

默金痛得全身劇震起來，聲音倒不敢漏半個出來。

白狼望向淩渡宇道：「你！」

淩渡宇深深吸了一口氣，故意口震震地道：「我是中國人，你……你們想怎樣，我可以把錢給你。」

白狼仰天狂笑，像一頭野狼般仰天嗥叫，氣勢懾人。

跟着向駱駝一指道：「那是甚麼一回事？」

默金待要出聲詐騙，另一鞭已打在他身上。

默金嚎叫一聲，不知是真痛還是怨恨不能出聲作奸弄鬼。

淩渡宇說起謊來絕對是一流專家，面不改容地道：「我不知道，這隻駱駝獨自在沙漠遊蕩，我們合力把牠捉住。」

白狼接道：「那你們本身的駱駝呢？」

這一句正中要害，凌渡宇兩人總不會兩手空空地橫過大漠。

凌渡宇嘆道：「本來我們有四頭駱駝，四頭瘦弱不堪的傢伙，連一個人也背不起來！」

默金大叫起來道：「你說謊，牠們是最好的，是我的命根。」

白狼叫道：「閉嘴！再聽見你一句話，割了你的舌頭下來。」

凌渡宇續道：「豈知一場風沙害苦了我們，駱駝都走失了，幸好真神阿拉送了一頭給我們。」

白狼狠狠地道：「那風沙！那可恨的風沙，沒有風沙，她已是我的了，是我白狼的了。」

四周的圖雷阿格人一齊舉起槍支，大聲高叫：「白狼必勝，白狼必勝……」

聲音直傳往沙漠的深處。

白狼眼中爆閃着渴望和強烈的情慾，使人絕不懷疑他要得到聖女的決心。

這奇異的美女，既是他勢均力敵的死仇，也是他夢寐以求的美夢情思。

白狼掉轉頭往來處走，沉聲道：「把這兩人帶着一起走。」

凌渡宇還想抗議，一支槍管抵在他背脊處，喝道：「走！」

凌渡宇和默金面面相覷。

滿以為逃過大難，豈知還是脱不了身。

兩人在圖雷阿人挾持下離開綠洲，往茫無止境的沙漠步去。

此後的幾天旅程，苦不堪言。

默金假裝年老，倒下了幾次，一個心腸較好的圖雷阿人把他放在駱駝上，只剩下一肚氣的凌渡宇在沙上走動。

二百五十多人和近四百匹駱駝組成的壯觀隊伍，在無垠無根的沙海裏只是一條蠕動的蚯蚓，渺小得可憐。

除了步行外，倒是衣食無缺，不過淩渡宇身上的東西，由腕錶以至乎一紙一筆，都給貪婪的圖雷阿人強討了去。錢更是不用說了，身上的五千多美金全作了對阿拉的奉獻。幸好財可通神，第三天讓他上了一頭瘦弱的母駱駝，總算得回少許好處。

他兩人的身份奇怪，也不知應算作俘虜還是客人。

每天一早動身時，沙子總是霜雪般冰寒，可是太陽出來後兩小時，沙子立時滾燙火熱，蒸爐般烤炙着每一個竟敢踐踏它們的人。

一冷一熱，使人心力交瘁。

第二天開始，大隊步上了一道又一道綿延不絕、起伏相連的沙丘，速度開始緩慢起來。

無論從任何一個方向看去，都是乳峰般聳起一座又一座的沙丘，似乎世界從來都是這個樣子。

第三天晚上紮營時，凌渡宇給召到白狼的帳幕裏。

默金並沒有被邀請，在白狼眼中，他是個無關痛癢的人物。

帳幕用長方形的灰白布片縫製，以八根立柱、四根橫樑做成一個支撐的架構。

裏面寬敞非常，足可容十多人聚集。

地上鋪着厚厚的地毯，使人忘記了其下那使人厭倦的沙粒。

白狼一個人盤腿坐在帳裏的正中，一名手下蹲在一角，為他燒茶。

凌渡宇穿過地毯上東一堆西一堆的駝鞍、布袋、食物、水囊和武器，來到白狼面前。

白狼揚揚手，凌渡宇坐了下來。

有人遞來三寸許高的茶盅，盛滿了火熱的茶。

白狼舉起茶盅，叫道「以真神阿拉之名」，跟着仰頭一飲而盡。

看到凌渡宇有點不知所措，示意凌渡宇像他般把茶喝掉。

凌渡宇有樣學樣，叫了聲「以真神阿拉之名」，一仰而盡。

只覺茶味有些許甜，非常濃郁，十分甘美。

兩人不斷叫着「以真神阿拉之名」，一連喝了幾盅。

白狼心情極佳，眼光灼灼地望着凌渡宇，好一會道：「你很強壯，很少異教徒像你那樣強壯，你信奉甚麼神。」

凌渡宇聳聳肩道：「我沒有任何宗教信仰。」

白狼驚異得怪叫起來，不能置信地道：「那你怎能生存下去。」

凌渡宇笑道：「就像現在這樣。」

白狼看怪物般看着他。

凌渡宇心念電轉，不知這喜怒無常的人找他來作甚麼。

白狼搖首道：「望阿拉垂憐你，你到大荒漠來幹甚麼？」

凌渡宇道：「我是個旅行家，想體會一下橫過撒哈拉的經驗，寫一部有關的書。」唯有硬着頭皮胡謅起來。

白狼瞪視着他，像在看着個呆子。

凌渡宇違背良心地道：「撒哈拉確是個美麗動人的地方。」

白狼眼中露出了一絲笑意，道：「確是個美妙的地方，是阿拉的賜與，你知嗎，我有十二個妻子，很美很美的妻子，每個最少可以換十匹駱駝。」一想到這裏，忽然閉目沉思起來。

當他張開雙目時，長長嘆了一口氣道：「可是自從五年前我見到了她，再沒有想過娶任何妻子了，她，最少可以換一百頭駱駝，一千頭、一萬頭，甚至整個大荒漠的駱駝。」

凌渡宇當然知道他說的是聖女，一個男人的美夢，無價的寶物。

想起那晚在迷宮看到的赤裸胴體，閃爆着奇異亮光的秀髮。

白狼話題一轉道：「寫書會否賺很多錢？看來你很富有，只是身上便有五千塊美元。那可以買十五匹駱駝了。」

凌渡宇心想這才是正題，淡淡道：「也不錯。」

白狼道：「我可以保證你在沙漠的安全，送你回到異教徒的世界，你卻要給我們合理的報酬。」

這是勒索，當然不能揭破，只要是錢便一切好辦。

淩渡宇道：「你要多少？」

白狼眼中射出淩厲的光芒，道：「你可以給多少。」

淩渡宇道：「你説個數目吧。」

白狼沉吟片刻，舉高了五隻手指。

淩渡宇道：「五萬。」

白狼點頭道：「是美金。」

淩渡宇道：「我可以給你十萬，但有一個條件。」

白狼眼中露出欣喜神色，沉着地道：「甚麼條件？」

淩渡宇道：「告訴我你要錢來幹甚麼？」

白狼道：「買武器，武器和彈藥都很貴，好了，你怎樣付錢給我。」

凌渡宇斷然道：「給你一張支票，只要你派人到任何有美國銀行的國家，即可兌現。」

白狼道：「一言為定，我派人往蘇丹，來回的時間大約是二十天，二十天後，你可以得到一切需要的裝備和人，到這沙漠上任何一點。」

凌渡宇回到休息的地方時，招呼立時大為不同。

一個帳篷讓了出來，給他歇息。澤及默金，連他的身份也尊貴起來。默金神色怪異，坐在帳篷的一角，並不追問凌渡宇發生了何事，大異往常。

凌渡宇心情大佳，想着離開沙漠後的快樂日子，很快睡了過去。

第二天早上又開始那永無盡頭的旅程。

沙漠的景象單調乏味，每一個地方都是剛才環境的重複和翻版。很快你便失去了「看」的欲望和情趣。

沙丘仍是連綿不斷地延伸至地平線之外。

沙丘明顯地分作陰陽兩面。

迎着風的那一方沙子緊擠在一起，頗為結實；另一面卻鬆散不堪，踩上去整條腿陷了進去，滾燙的沙子令凌渡宇想起焗栗子。

隊伍以之字形的線路越過沙丘，慢若蝸牛。

駱駝們很緊張，不斷嗥叫，時有停了下來的駱駝，不肯前進，使速度更加緩慢。

默金滿懷心事，面色時喜時憂。

凌渡宇懶得追問。

當天夜裏，默金把凌渡宇從沉睡中弄醒過來。

凌渡宇不滿地坐起身來，看到默金眼中閃着奇異的亮光。

默金道：「有件事你要幫我忙。」

凌渡宇道：「甚麼事？」

凌渡宇奇道：「你說笑吧！你百多歲的豐富經驗，還要求我。」他說的倒不是違心之言，默金有足夠保護自己的力量。

默金逆來順受地道：「真的要你幫忙。」

凌渡宇無奈地道：「説罷，雖然是眼累腳疲，耳朵仍然未損害接收的能力。」

默金罕有地猶豫了片晌道：「我要你助我偷一樣東西。」

凌渡宇大訝道：「甚麼東西能令你這百歲人魔動了賊心。」

默金不理他的有冤報冤，認真地道：「你有沒有注意到緊跟着白狼身後那隻載貨駱駝。」

凌渡宇茫然搖頭。

默金道：「昨晚黃昏時，圖雷阿人把那個放在駝背的大箱子卸下來時，箱子跌了下來，露出了裏面的東西來。那是我失去的東西，我一定要把它取回來，物歸原主。」

凌渡宇皺眉道：「甚麼東西？」

默金道：「你可不可以不問我，那只是對我有意義的東西，對其他人一些用處也沒有，可以……可以說是只有紀念的價值。」

凌渡宇笑得腰也直不起來，哂道：「信你才是真的傻子，要偷白狼的東西，可謂太歲頭上動土，十來日後我就可以風風光光地離開，換了你是我，會不會作這樣的傻事。」

默金氣道：「還以為你是個有正義感的英雄好漢，路見不平，拔刀相助，你不要忘記，若不是我，你還在那妖婦手上，又或暴屍在迷宮。」

凌渡宇冷笑道：「做賊是正義的行為嗎？你連那東西是甚麼亦不肯告訴我，大話連篇，要我拔甚麼正義之刀來相助。」

凌渡宇躺回毯裏，蒙頭大睡，一於好少理。

默金一動不動，心內波濤洶湧，猶豫難決。

默金長長嘆了一口氣，一把拉開他的被蓋，狠狠道：「好！我告訴你，不分些甜頭你這大奸賊，是一定不會幫我的了。」

凌渡宇坐起身來道：「且慢，我還未答應你，不過念在與你一場患難，即管聽聽你的心聲。」

默金道：「我要偷的是一塊石頭，一塊二百多磅的大石頭，行動的計劃也想好了，首先你要……」

凌渡宇叫道：「慢慢來，你還未告訴我那石頭有甚麼好處。」他心中泛起似曾相識的感覺，一個模糊的印象在腦海裏若現還隱。

默金嘆了一聲道：「唉！都是瞞你不過，那是稀世之珍、內裏藏着罕有的玉質，價值連城，是我在百多年前在沙漠找到的，後來失了蹤，怎麼也找不到……」

凌渡宇冷冷道：「照你估計，這玉石值多少錢？」

默金愕然道：「這……這很難計算，起碼值數百萬美元吧。」

凌渡宇道：「老朋友，這樣吧，離開沙漠後，我給你五百萬美元，就當我對全世界最老最狡猾最不忠實的傢伙的敬老金吧。忘記了那寶石吧。」

默金老臉不紅，坦然道：「你怎知我在說謊？」

凌渡宇強忍着笑道：「你既然封了我作傻子，一個傻子自然知道另一個傻子在弄甚麼鬼。」

默金笑得差點兒眼淚水也掉下來，喘着氣道：「我忽然有點歡喜你了。」

凌渡宇道：「我知那是甚麼東西了，那是從天上降下來的神物，是嗎？」他記起了上機前看的那段有關隕石失竊的新聞，故意試一試默金。

默金整個僵硬起來，臉上現出震駭的神色，聲音顫動地道：「你怎麼會知，不！她絕不會告訴任何人，全世界只有我和她知道。」

凌渡宇大感興趣，板起臉道：「你不用理會是誰告訴我，現在只須把所知的全告訴我，讓我比對一下，只要有一句謊言，休想我幫你做賊。」

默金面色忽青忽白，心內強烈交戰。

這秘密藏在他心中超過了一百年，忽然要他說出來，就像要一個乾涸極了的井滲些水出來那樣地難以做到。

凌渡宇道：「不勉強了。」再躺下去。

默金一把抓着他，無奈地道：「好，我告訴你，希望我沒有看錯人，就像當年我看錯了她。」

凌渡宇道：「快天光了，還不說？」

默金垂下了頭，低沉地道：「在百多年前的一個晚上，我帶着剛買來的妻子瑪仙，不！那妖婦，橫渡位於費贊盆地的木祖克沙漠。那並不是我們原先計劃要去的地方，只是早一天前的大風沙，使我們千多人的商隊吹散了，很多人給埋進沙裏去。我和瑪仙兩人，幸免於難，在沙漠裏帶着四頭駱駝，希望能到達最近的白朗沙水井。」

凌渡宇想起那天的風沙，猶有餘悸。

默金眼中射出又驚又喜的光芒，續道：「那夜天上只有星星，我們豎起了帳幕，剛要度過一個浪漫的晚上。買了她後，還是第一次有這樣的機會，當然不會放過，那時她才是十六歲，身材相當不俗，面貌卻只是一般，及不上她現在萬分之一的美麗。」

凌渡宇愈來愈好奇，默金語氣真誠，一點也不似在說謊，那個晚上一定發生了驚天動地的事。本來他對默金所說的年齡還是半信半疑，現在他不得不對整件事作重新估計。

人類對不能理解的事物會生起一種置之不理的本能，聖女、御神器、默金的年齡、失蹤的隕石諸如此類，他本已全拒於腦海之外，現在又全給串連起來。

默金聲音提高少許，痛苦地道：「細節不說了，在我正要佔有瑪仙時，一股尖銳的聲音刺進我們的耳朵裏，我們痛苦得在地上翻滾，血從掩着耳的手指隙間滲出來。

「我們滾出了帳外，登時目瞪口呆，一個巨大的光環，在夜空中慢慢地降落下來，同時心中響起一個巨大的聲音，就是：『回來了！回來了！』只不知是否我心內的錯覺，還是真的有那個聲音。」

凌渡宇全身一震，記起了聖女在迷宮說的話：

「我知道是有盡頭的，否則『它』不會回來，但盡頭之外是甚麼東西。」

凌渡宇沉聲道：「不是你的錯覺，聖女也聽到同一句說話。」

默金不能置信地道：「那妖婦真的全告訴了你？」

凌渡宇不耐煩地道：「快說！」

默金露出如夢如幻的表情，續道：「尖銳的聲音消失後，光環慢慢降下，最後落到沙上，強烈的白光，照亮了營帳附近的廣闊空間。」

「我們最初不敢走近，但在好奇心的驅使下，走近時才發現原來是塊扁圓的大石頭。」

凌渡宇道：「二百多磅的大石？」

默金道：「就是那石頭。」

兩人間一陣沉默。

默金道：「最奇妙的事發生了，石頭發出的白光變化起來，那是難以形容的怪異色彩，我再看不見帳幕、沙漠和夜空，四周盡是那奇怪的色彩，把我和瑪仙包容其中。在石的中心一支尺許長的圓管月亮般升了起來，發出強烈的雷電，不斷打在我們身上，每一道電光，都帶來奇異的感覺，像在腦內掀起了滔天巨浪。

「我忘記了一切，眼中出現很多幻象，一幅一幅在面前顯現，我！我看到了諸神的世界。」

凌渡宇呆道：「諸神的世界？」

默金茫然道：「我看到了奇異的宮殿，在天上飛行的神人，他們騎着發光的飛馬，在仙景般的森林逍遙來去，我聽到很多聲音，可是頭痛欲裂，使我不能細心聆聽，最後我昏了過去。」

默金做了個咬牙切齒的表情，悻悻然道：「第二天早上醒來，所有東西不翼而飛，神石、瑪仙、兩匹駱駝全部失蹤，我氣到幾乎要發瘋，發狂四處亂竄，十多天未停過下來，最後連兩匹駱駝亦累死了。忽地看到賈多高原處的一座山上，發射出奇異的彩光，欣喜若狂下，跑了上去，當時不明白為甚麼還有氣力爬上山去，事後才想起是那神石賦予的神奇活力，當駱駝累死時，我還有力氣尋到山上。」

凌渡宇道：「這倒是不錯，從未見過你這麼活潑的老傢伙。」

默金道：「在一個山洞內，我見到瑪仙暈倒地上，她的身體閃爆着電光，使我沒有法子接近，說實在，當時我是想親手捏碎她的喉嚨，但用盡方法都碰不到她的身體。最後我以其人之道還治其人之身，把神石和兩頭駱駝拉走。」

凌渡宇道：「那石頭沒有發光嗎？」

默金道：「沒有，那奇異的圓管不知為何離開了神石，躺在石旁的地上。」

凌渡宇道：「那是否他們在找尋的御神器。」

默金點頭道：「是的！我把御神器放進懷內，騎着駱駝迅速離去，當時我很懼怕，直覺到瑪仙獲得了邪惡的魔力。這想法果然沒有錯，我走了不及二十公里，心內響起她的聲音，召喚我回去，聲稱假若不聽她的命令，會將我殺死。我很清楚聽到她在咒詛我，要我死後被豺狼分食屍體，我從未試過這樣害怕。」

凌渡宇奇道：「神石和御神器同在你手裏，你不是可再重新得到新的力量嗎？」

默金苦笑道：「我用盡方法，神石一點動靜也沒有，想把御神器放回石內，可是神石一絲空隙也沒有，總不能成功。瑪仙愈來愈迫近，我害怕起來，將神石推下了一個斜坡，只帶着御神器逃走，瑪仙還是繼續追來，似乎能感應到我的位置，無可奈何下，我把御神器藏在一個秘密的地方。

由那刻開始，瑪仙便感應不到我，於是我隻身逃離了沙漠，在外邊過着流浪的生活。」

凌渡宇皺眉道：「這真是很奇怪，假若瑪仙能和御神器間有心靈感應，那無論你把它藏到哪裏，她亦應輕而易舉找到，為甚麼還要不惜一切把你找出來。」

默金道：「我也不明白，三年前終於按捺不住，潛回了沙漠，豈知她竟然像知道我會回來一樣，對我展開追捕。我用盡方法也不能脱身時，剛好遇上白狼大舉來犯，我乘勢逃了出去，但是她鍥而不捨，追出了沙漠，走投無路下，唯有蓄意偷入古巴犯事，結果你也知道，給關進了監獄內。」

凌渡宇長長吁出一口氣道：「世間竟有這種事，教人難以相信。」

默金道：「好了！現在我已和盤托出，你究竟幫不幫我？」

凌渡宇道：「就是給你偷到怪石，也得物無所用。」

默金道：「那你不用管，我對這問題思索了過百年，有足夠信心去做各種嘗試。」

凌渡宇拍拍他的肩頭，道：「明晚再說吧！天亮了，立即便要起程。」

第七章 四面楚歌

第二天早上，白狼統率族人進行了面向麥加的祈禱後，開始出發。午後時分，終於走出了沙丘起伏的世界，人畜都興奮起來，步伐加快。

雖然大地仍是漫無涯際，他們仍然感到自己偉大了少許。

凌渡宇坐在駝背上，腦筋卻沒有一刻停止，他不斷思索昨晚默金告訴他的奇異經歷。

默金借故避開了他，遠遠落在後方，面色陰沉，懊惱着自己把藏在心底多年的大秘密，一股腦兒告訴了這個陌生人。

凌渡宇雖然是個很好奇的人，可是他想離開沙漠的欲望是那樣熱切，令他不得不設想種種理由，在今晚去拒絕默金盜石的提議。

當他正想着中國古代煉石補天的神話，思索着默金所説裝載着御神器的神石，不知是否女媧所煉的石時，奇異的聲音打破了沙漠的平靜。

聲音初時來自南方，微不可聞，一會兒後已變成清晰的震響。

駱駝驚跳起來。

圖雷阿人紛紛跳下，安撫受驚的駱駝。

淩渡宇仰首望向天時，南方一個黑點逐漸擴大。

直升機。

淩渡宇呆了起來，在沙漠這十多天，還是第一次看到現代文明生產的交通工具。

淩渡宇心中升起一股熱血，假設這直升機可載他走，他願付最昂貴的機票。

白狼高呼道：「散開！」

圖雷阿戰士立時散往四面八方，有若蜂巢遇襲，黃蜂散飛。

淩渡宇不忘望往白狼的方向，只見白狼身後幾名戰士，牽着一頭強壯的公駝，駝背上果然有個兩米見方的大木箱。

就是這個箱了。

直升機這時來到他們的頭頂，盤旋起來。

直升機飛得很低，可以看到機上有三、四名大漢，用望遠鏡觀察他們，其中有人持着自動步槍。

直升機沒有任何標誌。

凌渡宇心中一凜，正要跳下駱駝。直升機已高飛遠去，不一刻剩下了一個小點。

眾人驚疑不定。

半小時後，重組隊伍，繼續行程。

有若從未發生過任何事。

白狼的面色陰沉起來，這樣的事他還是首次遇上。他身旁的衞士有人亮出地對空的手提火箭炮。

凌渡宇心中蒙上一層陰影，這並不是好兆頭，偏偏又不知問題出在哪裏。

黃昏時，抵達提貝斯提高原，停下來處是一系列橫斷沙漠的花崗石丘陵，地上的沙變成了堅硬的礫石地。遠處山勢起伏。

仍是那樣荒蕪不毛，但感覺已好得多，稍減平原的呆板單調。

白狼發出命令，提早紮營。

白狼似乎對前面的山丘有點恐懼，故而發下了休息的命令，放棄趁太陽下山後這涼快時分趕路的好機會。

紮營休息是繁忙的工作。

圖雷阿人把貨物和駝鞍從駱駝身上卸下來，讓駱駝臥下來，把牠們的腳用繩綁在一起，使牠們難以逃走。

這一列工夫，最少要兩個多小時。

當圖雷阿人擾擾攘攘時，異變突起。

六架直升機三架一組，形成兩個品字形從南方飛來。

白狼迅速作出決定，高叫道：「準備作戰！」

圖雷阿人不愧是雄霸大漠的驍勇戰士，即管在那樣惡劣的環境裏，仍能迅速散往山丘裏，找尋藏身的地點。

凌渡宇一肚狐疑，敵人若是要攻擊，應揀選無險可躲的沙漠，才是上上之策，而不是在這可以躲往山區的地點。

直升機散開，變成從四方八面圍來。

機槍聲響起，子彈暴雨般向圖雷阿人灑去，走避不及的紛紛倒地。

混亂中他不見了默金。

圖雷阿人拼死頑抗。

直升機靈活地盤旋飛舞，以壓倒性的姿態展開屠殺，不到五十秒，最少十多人血染黃沙。

鮮血飛濺，塵土漫天飛舞。

凌渡宇義憤填膺，一把拾起一支輕機槍，躲到一塊石後。

剛好一架直升機俯衝下來，機頭兩側的兩挺機槍火光閃現，幾名正要衝往石後的戰士全身冒血，踉蹌倒下。

凌渡宇提起機槍，冷靜地計算着直升機和他的距離，推測對方機師心目中的飛行路線。

直升機繼續俯衝，當它來到最低點，離開地面只有十多米，欲要提升上空時，凌渡宇的機槍火光閃現。

直升機的前幅玻璃立時碎裂，機師全身冒血。

直升機越過凌渡宇頭頂，筆直撞在一個小尖山頂上，爆出一天火焰。戰士們同時吶喊。

凌渡宇望向左方，見到白狼向他揮動手上的火箭炮致意。

凌渡宇退入山丘內，在岩石掩護下左閃右避，躲過敵人的攻擊和報復。

直升機上不時投下煙霧彈，使人視野不清。

凌渡宇完全不能把握敵人在採取哪種戰略。

另一架直升機在天空爆炸開來，被白狼的地對空火箭炮命中。

在煙霧裏，淩渡宇忽然看到兩個人在爭鬥，他嚇了一跳，心想難道有敵人混了進來，急忙撲了過去。

只見默金正在和一個圖雷阿戰士徒手搏鬥，明顯地落在下風。

淩渡宇衝了出去，一槍柄把那圖雷阿人擊暈，喝道：「你幹甚麼？」

默金回過氣來，一把拉着他道：「快走！」

淩渡宇不由自主跟他走到石後。

默金拉出了兩頭用繩相連的駱駝，後一頭的背上放着那個載有神石的大木箱。

淩渡宇恍然大悟。

默金惱道：「傻子！還不跳上來。」

他們乘夜趕路，到翌日黃昏，已深入提貝斯提高原，在高達三四一五米的庫西山的山腳下緩緩而行。

來到一個峽谷後，他們不得不紮營休息。

默金把那木箱卸下來後，隨即把蓋打開。

那隕石渾體灰黑，帶着閃爍的鐵質，出奇地堅硬，除此之外便再沒有甚麼特別。

默金興奮得合不攏嘴，愛不釋手，喜不自勝。

凌渡宇卻悶悶不樂起來，坐在一角。

默金喝了兩口水後，終於發覺了凌渡宇的異樣，走過去問道：「你怎麼了，不高興嗎？既離開了白狼，又弄到這寶貝。」

凌渡宇冷冷望着他道：「你不覺得奇怪嗎？今天襲擊我們的人似乎是蓄意在幫你忙。」

默金道：「有甚麼奇怪，圖雷阿人處處樹敵，自然有人教訓他們。」

凌渡宇道：「直升機每一次也是直線飛來，代表他們準確知道我們的位置。」

默金呆了一呆，俯首沉思。

凌渡宇續道：「而且他們為何要在山區裏攻擊我們，又放煙霧彈，其實都是要給你和我逃生的機會。」

默金跳了起來道：「怎會這樣，背後有甚麼企圖。」

凌渡宇嘆道：「你太不明白尼均了，這個人挺厲害呀，你中了他的詭計。」

默金道：「我甚麼也沒有告訴他。」

凌渡宇道：「你有。」

默金高呼道：「我沒有，我可以真神阿拉的名義作保證。」

凌渡宇哂道：「你還信阿拉嗎？那次經歷不曾動搖你？」

默金頹然坐下，搖首道：「不！我不信了，我看到了真正的神人。但我的確沒有告訴尼均任何事。」

凌渡宇道：「告訴我，你被迫登機前有沒有昏迷過一段時間。」

默金面色大變，怵然道：「你怎知道？那天我在監獄裏，幾名獄卒走了進來，跟着我便昏了過去，醒來時已到了機場，尼均說要將我交給對方。是尼均迫我上機的。否則他們殺人關我甚麼事。」

凌渡宇嘆道：「的確低估了尼均，他一定運用了特殊的迫供方法，利用藥物和催眠術，使你把秘密盡吐出來。跟着在你身上用手術植下了追蹤器，令你插翼難飛，當你找到御神器時，他們便現身搶奪，確是周詳。」

默金立時在身上亂摸道：「在哪裏，快些把它找出來。」

凌渡宇道：「不用找了，我熟知尼均的手段，他最愛把追蹤器放進人體內，那追蹤器經過特別處理，會黏附在人胃上，你說吧，怎樣取出來。」

默金面色大變，哭喪着臉道：「那怎麼辦，我完了。即管我要逃走，也走不到哪裏去。」

凌渡宇道：「本來我不想插手這件事，但事到如此，便不能不管了，否則御神器和這怪石落在尼均手上，一定天下大亂。」

默金幾乎是哀求道：「快想辦法，首先要把我肚內的東西弄出來。」

凌渡宇道：「目下我們是各方的追蹤目標，以我猜想，聖女和你之間有一種奇怪的感應，所以儘管你走到天腳底，也可以把你挖出來。」

默金道：「我一直也這樣懷疑，她可也是故意讓我走，放長線釣大魚，這可恨的妖婦。」

凌渡宇忽地想起一件事，道：「你告訴我，假設被迫說出藏御神器的地點，你會怎樣說？」

默金猶豫起來，欲語無言。

凌渡宇誠懇地道：「你一定要信任我。」

默金道：「不知為甚麼，雖然你說起謊來，一點不比我弱，但我仍然願意信任你。」

凌渡宇道：「說罷。」

默金道：「那是在木祖克沙漠的魔眼火山下的荒城裏，我要到那裏才可以認出來，講也講不清。」

凌渡宇道：「這就是了，因為尼均沒法只是從你處得到的資料找到御神器，唯有放虎歸山，讓這隻自以為是老虎的小羊把御神器找出來。」

默金目瞪口呆，到這刻他才真正被凌渡宇說服了。

次日清晨。

凌渡宇醒轉過來，默金仍在抱頭大睡。

凌渡宇心下奇怪，通常這渾身活力的老人，每天晚上最多睡上兩三個小時，便精力充沛，現在天色微白仍未起來，未之有也。

凌渡宇把他推醒過來。

默金睡眼惺忪，看了看天色，自己嚇了一跳。

他茫然坐起身來叫道：「噢！這麼晚了。」

凌渡宇道：「起程了。」

跟着的十七天，他們不斷在山區內轉來轉去，蜿蜒而行。山路陡峭，一路只是拉着駱駝戰戰兢兢地作其蟻行龜步。

第十八天他們離開了山區，向着利比亞西南方的沙漠前進。據默金說，再走二十來天，便可抵達他隱藏御神器的木祖克沙漠了。

凌渡宇本來反對進入沙漠，情願在山區內潛行，可是他們已到了水盡糧絕的嚴重階段，為了保命，不得不偏離路線，向利比亞沙漠的「登定」大綠洲邁進。

那處有個沙漠民族聚居的小市鎮。

在利比亞境內，無論是白狼或是聖女，亦不敢公然作惡。

當天午後，在炎陽的肆虐下，他們離開了提貝斯提高原旁起伏的山區，踏足利比亞沙漠。

沙漠無限延展開去，因為沒有起伏不平的地形，遠方的地平線畫了個大弧形。

太陽火辣辣地灑射到身上，熱力透進每一條神經去，使他們身心也疲乏起來。袍服緊緊包裹着全身每一寸肌膚，連面紗也垂了下來，避免炎日的煎灼。

四周一點聲音也沒有，生命在這裏的活動完全靜止下來。茫茫的沙海裏，人是如此地孤立無援。

沒有任何界定或標示，時空的概念絕不屬於這單調的世界。尤其使人沮喪的是，無論走了多遠，永恆不變的景色，使你錯覺以為只是在原地踏步。

兩人默默前行。

淩渡宇的喉嚨火樣地燃燒。

食水只夠維持三天的路程，而每天他只可以喝四口水。

缺水使他感到神志不清，看往遠方時常看到奇異的色光和幻象。

趁在太陽下山的涼快裏，他們以最高速度趕路。那是沙漠趕路的黃金時刻。

直到午夜，在無法支持時，才停下來，生起篝火和紮營休息。

默金面色蒼白，在幾日間衰老了不少。

淩渡宇心中冒起不祥的感覺，坐在他身旁。

默金沉默了一會，道：「你看！」

在火光的掩映下，沙上畫滿奇形怪狀的線條和圖形。

默金道：「這是我藏御神器的地點，你要用心記着。」

淩渡宇道：「為甚麼要告訴我？」

默金道：「假設我有甚麼不測，你也可以代我完成，或是將御神器交回……交回瑪仙。」

淩渡宇道：「不憎恨她嗎？」

默金眼中射出前所未有的光芒，糅合着溫柔、懊悔、悲傷和追思，沉沉地道：「我已活了一百五十多年的悠久歲月，生老病死，嘗盡箇中滋味。告訴你，那並不是很有趣的一件事，看着你熟悉的人和時代不住遠去……」他的聲音暗啞下來，至低不可聞。

凌渡宇默然無語。

生命是一種負擔，建築在無知和局限上：對生和死的無知、現實對夢想的局限。

默金道：「我恨了她百多年，恨她盜走了御神器和神石，我是她的丈夫，她應以我的意旨為依歸。可是在世界不同地方度過了這麼多年後，我終於認識到生命是平等的，每一個生命都是平等的。」

「於是我體會到瑪仙盜寶離去的理由。身為一個回教徒，我是絕不會容許她和我享用同一樣東西。」

凌渡宇感到默金在一種非常奇怪的狀態裏，偏又説不上那是甚麼，暗暗不安。

默金道：「那天我踏上飛機，看到了她的驚人氣質和美麗，使我完全透不過氣來，她……她就像我通過御神器看到的女神。我發覺我再不恨她了，她說得對，這一切是何苦來由。」

凌渡宇沉思起來，默金的話喚起了他腦中一道靈光，可惜一閃即逝，沒有照亮了甚麼東西。

默金道：「那天直升機來襲，我從圖雷阿人手中搶神石，被人發覺纏着，打鬥起來，最後你給我解圍，還記得嗎？」

凌渡宇道：「當然記得，那像在昨天發生一樣。」

默金舉起雙手，很留心地細看，喟然道：「換了是以前，三四個壯漢也攔不了我，但那天只是一個人，便使我無力擺脫，御神器賜與我的力量，逐漸離我而去了，我已嗅到死神的體臭。」

他用辭古怪，凌渡宇想笑，又笑不出來。

默金喃喃道：「你知嗎，在十年前當我還是一百四十多歲時，我的樣貌橫看豎看也只是四十來歲。那時我在南美的巴拿馬開農場，有三個二十來歲的女朋友，豈知短短數年間忽然衰老起來，變成了現在這樣子。這幾天我更不濟了，趕了十多天路，已是心力交瘁，這百多年來，還是第一次有這感覺。」

凌渡宇恍然道：「這也是三年前你不怕危險、潛回沙漠找御神器的原因，是嗎？因為你也像聖女一樣，要獲得新的力量。」

默金道：「你的確不是傻子，現在用心聽我說。」

凌渡宇望向沙上的地圖，細心聽默金解說起來。

第三天黃昏時，他們終於看到「登定」。

「登定」在暮色蒼蒼裏，彷彿一艘浮在海洋上的綠色大船。第二天早上，他們才進入綠洲的範圍。

建築物聚攏到一起，炊煙處處，使凌默兩個久不見人煙的人，升起了難以形容的溫馨。

那是一種暖洋洋的幸福感，令人忘記了以往一切艱勞和不幸。

二人拖着疲乏飢渴的身體，穿過了刻有阿拉伯文「登定」兩字的石碑，步進了這簡陋市鎮。

此鎮是由三、四十間大小不一的建築物組成，大多是法式風格，是法國殖民者留下來的歷史痕跡。

沒有甚麼明顯的街道，四周圍的空地都豎立起帳幕，運貨的隊伍零星地散佈在綠洲的每一角，嘈吵熱鬧，和先前沙漠的死寂，有若天堂地獄之別。

光着身子的兒童繞着淩渡宇跑來跑去，好奇地望着這個稀客。默金的皺紋成為他們呼叫奔走的對象。

綠洲上一群群的山羊，對他們的闖入，顯得漠不關心。

兩人把駱駝牽到一個水坑旁，輪候了個多小時，把羊皮水囊滿盛，也讓清水填滿兩人肚皮。

兩人在一個僻靜的角落坐了下來，卸下了駝背的東西，吃着僅餘的食物。

駱駝悠閒地在吃草。

生命充滿着意義。

淩渡宇感到前所未有的滿足。

默金也回復了不少生氣。

淩渡宇道：「喂！老朋友，你有否想到過一個現實的問題。」

默金道：「甚麼問題。」

淩渡宇道：「你身上有多少錢？」

默金道：「那些圖雷阿強盜早把我搶個一乾二淨，哪處找錢。」

淩渡宇苦笑起來道：「我和你是同樣遭遇，身上不名一文，怎樣購買糧食往木祖克沙漠？」

默金笑了起來，胸有成竹地道：「小朋友，你知否在沙漠裏，有三種東西是一定有買主的，就是女人、駱駝和槍。把你那挺自動步槍和彈藥給了我吧，保證你要哪樣有那樣，甚至換個女人回來也可以。」

凌渡宇笑了起來，很高興見到默金回復他的俏皮和幽默，適才在旅程時他還着實擔心了好一陣子。

默金拿着武器和彈藥輕鬆地去了。

一個小時後他回來，道：「一切弄妥，跟我來，購買食物和清水後，立時離開，我感到有人在窺看我。」

凌渡宇點頭應是。

兩人來到一所灰白色圍着矮牆的三合土建築物前，一個矮胖阿拉伯中年漢誇張地迎了出來道：「歡迎！歡迎！我的家就是你的家，願阿拉保佑你們。」

默金道：「食物呢？」

中年漢躬身道：「都在屋裏面，全預備好。」

默金皺眉道：「我不是一早叫你放在屋外嗎……」

中年漢道：「內人說這太不禮貌了，這樣慷慨的客人，一定要燒茶招呼的。把駱駝留在院裏吧，我使人給你們弄得妥妥貼貼。」

默金想了想，這也不礙事，阻不了很多時間，當先往屋內走去。

淩渡宇聳聳肩，跟了進去。

阿拉伯甜茶，確有提神醒腦的靈效。

屋內相當寬敞，但卻堆滿了各式各樣的貨物，連鹽也有二十來包，散發出刺鼻的氣味。

貨物空出了的一小片地，一名婦女正在烹茶。

茶香四溢。

與大門相對的另一道門下了布幕，應該是主人的寢室。

中年漢興奮地高談闊論，很為得到武器而高興。

在高叫「阿拉保佑」一下，三人把茶一盅盅地喝下。

那胖婦站起身來，低頭走進布簾低垂的門內。

凌渡宇暗忖不宜久留，站起身來，準備告辭離去。

中年漢叫道：「多坐一會，多坐一會，我有一點小意思送給你們作個紀念。」笑嘻嘻走進剛才胖婦進入的門內。

默金搖頭笑道：「阿拉伯人是非常奇怪的民族，一時貪婪吝嗇，一毛不拔；一時慷慨大方，揮金如土。」

屋外傳來駱駝的叫聲。

凌渡宇正要答口，忽地心中湧起危機來臨的第六感覺。

他扭頭望後，黑影連閃，幾名圖雷阿戰士手提武器，從正門撲入來。

同一時間另一道門布幕整幅落下，另幾名圖雷阿人搶着進來。

一下子變成腹背受敵。

凌渡宇一吸氣整個人翻滾向後，雪球般已滾到從正門處衝來的幾人腳下。

那幾名圖雷阿人只見凌渡宇一個翻身，便到了他們腳下，速度快得他們根本來不及反應。

凌渡宇背貼地上，一運腰勁，一對腳反彈踢起，正中兩名戰士的面門。兩人鮮血飛濺，向後踉蹌急退，恰好撞在跟着進門的其他三名戰士懷裏。

這正是凌渡宇所計劃的。

在凌渡宇動手的同時，默金一撥燒茶的炭爐，火和着灰漫天撒向從內裏衝出來的圖雷阿戰士。

那當先的幾人給煙火一灼，立時踉蹌後退。

凌渡宇跳了起來，一矮身來到從正門進來的幾名戰士中間，肘撞膝頂，幾人同時東倒西歪。

他的手法迅捷有力，角度刁鑽，兼之專打對方穴位，敵人先勢已失，自然吃不消。

凌渡宇一把搶過兩挺自動步槍，一把拋向默金。

凌渡宇叫道：「衝！」當先衝出門外。

默金緊跟其後。

院落中兩隻駱駝悠閒地站着，那個大箱在駝背安然無恙。

凌渡宇感到大事不妥，不過已無暇思索，拿起繮繩叫道：「走！」

白狼的聲音道：「怎走得了！」

凌渡宇閃電轉身。

四周傳來卡嚓！卡嚓的聲響。

院落的矮牆冒出了百多人來，每人手中都拿着武器。

凌渡宇望着滿臉皺紋都堆疊在一起的默金，哂道：「你又說他們不敢明目張膽的，這樣百多人持械行兇，算不算明目張膽。」

默金嘆道：「我太老了，時代已不同。」向他眨眨眼道：「我說的是百多年前的情形了。」

凌渡宇將武器拋在地上，道：「白狼！你贏了，要多少錢贖金？」

白狼面色陰沉地從屋內走出來，緩緩來到兩人面前，冷冰冰地把目光在兩人身上來回巡移。

默金道：「我們又不是女人，有甚麼好看？」

白狼一陣狂笑，道：「好！好！有膽識。算我當日看漏了眼，給你們騙了。」

凌渡宇道：「那張支票兌現了沒有？」

白狼冷笑道：「兌現了。」

凌渡宇攤開雙手道：「那我騙你甚麼？」

白狼一愕，眼睛一轉，指着那大木箱道：「這是我從特拉賈坎特人手中搶來的東西。那天他們鄭重其事用駱駝載着這怪石，在跑道旁等候他們的聖女，給我搶了過來。你們既然把這怪石從我手中拿走，一定知道它的價值，快告訴我，否則我絕不留情。」

凌渡宇和默金兩人交換了個眼色，這才明白為何神石會落到白狼手上。

默金從容地道：「坦白說，我們對這石頭的事一點也不知道。」

白狼臉容一冷，眼中泛起殺意，道：「你再多說一次。」

凌渡宇真的怕他殺了默金，插入道：「當日我們逃走，見駱駝便搶，豈知搶了這隻駱駝，起始時本想把木箱掉了，但又怕是甚麼寶貝，掉了豈非失諸交臂，所以才背到這裏。」

白狼面色變來變去，也不知兩人之言是否值得相信。

白狼道：「那天來犯的直升機，究竟是甚麼一回事。」

凌渡宇聳聳肩道：「你問我，教我問誰？」

白狼道：「那你們為甚麼要逃走？」

凌渡宇剛想答話，默金已搶着道：「是我不好，慫恿他逃走，因為我怕一點酬金也收不到。」

凌渡宇暗讚一聲老狐狸。

白狼沉吟不語。

凌渡宇投其所好道：「怎樣，為了表示我們的歉意，我可以再給你五萬元，但不能再多了，那已是我上一部書所賺全部的錢了。」

白狼眼睛一亮，斷然道：「好！一言為定，不過為了防止你們逃走，我要把你兩人關一段日子。」

凌渡宇心中大喜，他是逃走的專家，哪怕給他關起來，不過要得回神石，就頭痛得多了。

在一間陰暗的地牢內，兩人手足被綁得結實，挨牆而坐。

默金嘆了一口氣道：「經歷了這麼多波折，落得這個結局。」

凌渡宇望着地牢頂的一個小天窗，陽光從那裏透射下來，在陰暗的地牢裏有若一道斜垂向下的光瀑。

默金道：「為甚麼不作聲？」

凌渡宇舉起雙手道：「為了這個。」

默金歡呼起來道：「你怎能做到，他們打的叫三珠連環結，由三個活結組成，愈掙愈緊。」

凌渡宇伸手去解腳上的繩，道：「我是解結和開鎖的大宗師，怎會應付不了龜孫子們的玩意兒。」

默金眼睛一亮，望向地牢緊鎖的大木門道：「開鎖？」

凌渡宇道：「問題只在於如何找回神石，再逃離這裏，還要避過白狼二百多名戰士的追殺？」

默金像洩了氣的皮球，頹然道：「我還未告訴你，假若有需要，白狼隨時可召集近萬人的精鋭雄師，希望他不要那麼看得起我們。」

凌渡宇作出傾聽的姿勢。

屋頂的小長方窗傳來駱駝的嘶叫聲和人聲。

默金聽了一會，恍然道：「駱駝受驚奔跑，牧駝人在追逐，這是很普通的事。」

「嘭！卡嚓！」

門外傳來東西碎裂的聲音。

凌渡宇面色一變，立時把解開了的繩鋪回手上和腳上、倚在牆角。

門鎖輕響傳來。

門開。

一名矮子跳了進來，手上提着一把亮光光的長鋒刀，刀尖仍在滴血。

德馬！

德馬跳到凌渡宇面前，獰笑道：「小子！久違了，現在我來救你。」眼光望向他手足繩索。

凌渡宇道：「你們多少人來了？」

德馬道：「全來了。」

德馬回身望向身後，一邊道：「白狼的主力給我們引走了，這處的防衛馬虎得很。」

凌渡宇心中奇怪，這德馬為何會破天荒對他和顏悅色起來。

有人從門外探頭進來道：「德馬快點！」

德馬應了一聲，轉過頭來陰森森地道：「讓我挑斷繩子。」

凌渡宇正要告訴他繩子早解開，發現德馬眼中閃着兇厲光芒，緩緩舉起刀子，而不是平伸過來。

凌渡宇剛想到德馬想殺他時，刀光一閃，往他心臟刺來。

凌渡宇兩手一翻，從繩索脫出來，一把抓着德馬持刀的右手。

德馬驚魂欲絕，事情實在太出乎意料之外了。

凌渡宇一扭一推，整把刀滑溜溜地刺進德馬的肚腹，直沒至柄。

德馬全身痙攣起來。

德馬整個人發軟跪了下來，全靠凌渡宇插入的刀支持着他。

凌渡宇盯進他的眼內道：「為甚麼三番四次要殺我。」

冷汗滾流而下，德馬咬着手道：「我要殺你，因為聖女從沒有用那種眼光看一個男人，所以我要殺你，我不會讓任何人得到聖女。」

說完後，德馬目光一黯，頭軟垂一旁，像隻被割了喉的雞。胸口急起急伏，這人十分強壯，一時三刻還死不了。

凌渡宇一鬆手，德馬仰跌地上。

凌渡宇側頭望向默金，後者聳聳肩，眼中射出複雜難明的感情。一直以來，默金都以為他自己在聖女眼中，是與眾不同的，德馬這樣一說，使他大不是滋味。

凌渡宇迅速為默金鬆綁，從德馬身上解下衝鋒槍和彈藥。

兩人衝出門去。

通往外面的樓梯有兩名守衛躺在血泊裏。

一個人在樓梯的盡處向他們招手道：「還不快點。」

凌渡宇一個箭步飆了上去。

三名特拉賈坎特人站在出口處，手持武器向着外方，如臨大敵的模樣。

其中一名轉過頭來，見到只是凌默兩人，愕然道：「德馬呢！」

凌渡宇微笑道：「在天上！」

槍柄閃電擊出。

三人就算準備妥當，也難擋凌渡宇的凌厲攻勢，何況是猝不及防，立時應聲跌倒。

默金拿起武器，道：「最要緊是把神石找回來。」

凌渡宇道：「跟我來！」兩人貼着圍牆，向右方迅速奔去。

兩人不一會來到鎮內人煙密集處，只見人來人往，好不熱鬧。

一切都太平安靜，沒有任何龍爭虎鬥的痕跡。

默金道：「首先要找到白狼……」

凌渡宇道：「不用找了，他正向我們走來。」

默金愕然四望，恰好見到白狼在一群大漢簇擁下，向着他們的方向走來。

當他望向白狼時，白狼亦正好向他望來。

四目交投。

兩人同時愕然。

白狼面色大變，大喝一聲。

他的手下同時拔出槍來。

街上雞飛狗走。

凌渡宇一拉默金，奔進了一條橫巷。

背後槍聲砰砰，白狼動了真怒，再不是那樣易於打發了。

默金在凌渡宇身後邊走邊叫道：「年青人，不要走那麼快！」

凌渡宇回頭叫道：「這話你該向白狼那班混蛋說。」

兩人衝進了一隊商隊的營地裏，幾頭駱駝驚得跳了起來。商隊的阿拉伯人大聲喝罵，有人甚至抽出了腰刀，可是一看淩默兩人的自動武器，立時噤若寒蟬。

白狼等人愈追愈近，幸好閒人眾多，使他們投鼠忌器，不敢隨意開槍。

不過白狼人多勢眾，愈追愈多人，淩默兩人又勢不能空手逃入沙漠，束手遭擒的結局似是無可避免。

兩人穿過營地，來到鎮內的唯一市集。

市集內人頭湧湧，數百人在東一堆西一堆的貨物旁，進行買賣。

淩渡宇腦中靈光一閃，正要轉頭告訴奔來的默金時，只見身後的默金面色蒼白有若死人，腳步搖搖晃晃，力不從心。

不要說逃走，連保持站立的姿勢也有問題，步槍「嘭」聲掉在地上。

淩渡宇不理旁人驚異的眼光，回身一把將默金架在肩膊上，繼續飛奔。

這已是第二次作默金的駱駝，駕輕就熟。

上一次默金詐作麻醉未醒，今次卻是貨真價實，童叟無欺。

凌渡宇待要穿過市集，遠處一群如狼似虎的圖雷阿戰士，正從他想逃走的方向奔來。

他叫聲「天亡我也」，向市集的南方衝去。

追逐聲從背後四方八面傳來，縱使沒有默金這擔子，他逃生的機會已很少，何況這情形。走不了百來步，一隊長長的駱駝隊伍並驅而進，正在面前橫過，完全擋塞了去路。

他扭頭一看，白狼一馬當先，和數十名戰士氣勢洶洶地追來，愈迫愈近。

他一咬牙，待要硬穿過駱駝隊。

隊伍忽地裂開一道可供通過的隙縫。

淩渡宇大喜，旋風般衝了過去。

隊伍縫合起來，繼續緩進。

淩渡宇一望立時叫苦，一望無際的大沙漠，在他眼前展延開去。

他來到了沙漠的邊緣。

駱駝隊中兩隻駱駝奔了開來。

其中一隻駱駝的騎士全身裹在黑衣裏，另一匹的騎士身材高大，拉下擋沙的面罩，原來竟是久違了的大個子里奧。

淩渡宇歡呼起來。

里奧道：「把默金給我。」

駱駝跪了下來。

淩渡宇將默金搭在里奧身後。

里奧道：「你騎那一隻，快，擋他們不住了。」

一輪槍聲震天響起，駱駝隊伍立呈混亂。

凌渡宇一個虎跳，來到另一匹駱駝下，扯着駝鞍，運力一蹬，飛身借力跳到另一個騎士身後。

那人一聲不響，回手一鞭抽在駱駝的臀部，駱駝長嗥一聲，放開四腿，往已奔出百多米的里奧追去。

駱駝衝出時，凌渡宇尚未坐穩，幾乎翻身倒跌下來，慌忙一張猿臂，把騎士的腰摟個正着。

入手只覺軟玉溫香，腰肢纖細。

騎士低聲嬌呼，卻不阻止。

凌渡宇愕然道：「聖女，是你嗎？」

聖女頭也不回，柔聲道：「我第二次救你了，就算扯平吧！好嗎。」

凌渡宇回首「登定」，白狼等人變成了一群小點，「嘭嘭」地在放空槍，憤怒如狂。

凌渡宇回過頭來，蔚藍的天空白雲飄舞，在陽光下沙漠純淨得不染一絲雜質。

聖女身上陣陣幽香。

凌渡宇忍不住兩手一緊。

聖女柔順地向後靠過來。不一會又挺直了腰肢，離開了他的懷抱。這種事發生在冷若冰霜的聖女身上，分外使人震撼。

凌渡宇嘆了一口氣，他從未想到沙漠裏也有這樣美妙的時刻。經過了這麼多苦難後，他終於和撒哈拉大沙漠共墜愛河。首次愛上了這地球上的奇妙大地。

第八章 諸神界

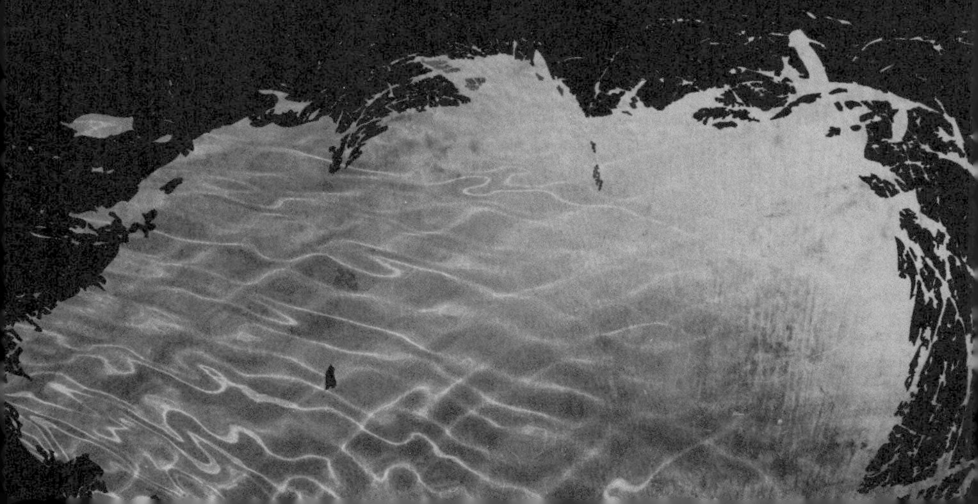

聖女蘊藏一種奇異的能量。

就像她每一寸肌膚，每一個毛孔，每一顆細胞，都在迸發着青春和生命的火花。

那是一種絕對的健康美。

凌渡宇和她共乘駝背，不由自主地心神皆醉。

她把面紗脫了下來，秀美的臉孔在烈日下閃閃發亮，愈是潤如溫玉。

里奧和馱在駝背上的默金在前面領路而行，朝着東南方出發。

陽光把各人長長的身影投在右後方。

聖女沒有說話，像是一人獨騎，使人對她的心意難以揣測。

駱駝的速度放緩下來。

「登定」消失在地平線外。

金黃的沙粒閃閃發光，令人睜不開眼來。

凌渡宇心中有很多問題想問聖女，但是聖女那凜然不可侵犯的神情，使他把到了口的話硬生生吞回去。

前方的地平線上有些奇怪的物體，吸引了他的注意。

那是蠕動着的一條黑線。

聖女嬌叱一聲，駱駝驀地加速，追上了里奧，變成並排而進。

凌渡宇縮回了摟着聖女蠻腰的雙手，不想讓里奧看見。

默金恢復了過來，坐在里奧身後，垂頭呆想，面上呈露出心力交疲的神色。

御神器賦與他的力量，使他活力充沛活到一百五十多歲的奇異能量，接近油盡燈枯的階段。

黑線逐漸變大。

原來竟是上千隻馱着人的駱駝，向他們走來。

凌渡宇正想查問，里奧歡呼一聲，加速向前衝去。

來的都是特拉賈坎特的戰士，接近二千人。

來到聖女面前時，眾戰士一齊舉起武器，三呼致敬。

二千人的呼叫聲，響徹寂靜的沙漠，使人熱血沸騰。

聖女清澈平和地道：「真神阿拉在我們的一方，特拉賈坎特萬古長存，我們必勝。」

眾戰士又歡呼起來。

聲音直衝霄漢。

號角長長響起。

二千戰士分成十隊，向着不同的方向出發。

最後只剩下二百多名戰士。

其他的隊伍隊形整齊地逐漸遠去。

號角聲響，二百多人改變方向，向着西南方進發。

凌渡宇轉乘到另一頭駱駝上，隨着大隊前進。

默金也自乘一頭駱駝，兩人在隊中間並排前行。

聖女遠遠落在後方。

凌渡宇望向默金，關心地道：「老朋友，你怎麼了？」

默金答非所問地道：「她……她確是很動人，我走了這麼多地方，從沒有見過這樣的美麗，她就像那夜我看到的女神。」

凌渡宇知道他指的是百多年前，他在沙漠所見到的奇異世界，默金已是第二次這樣說了。心中動了一動，卻又勾畫不起具體的事物。

默金道：「他們在幹甚麼？」

凌渡宇奇怪地望着他道：「你問我？以你的奸狡，應該推測到他們這樣做的理由。」

默金沮喪地道：「唉！不但我的體力在減退，腦力亦大不如前，腦袋空白一片，我沒有太多的日子了。」

凌渡宇心中難過，沉默了一會，才道：「他們故意把大隊分散，目的是使白狼欲追無從。」

里奧在後面叫上來道：「還有！當白狼離開登定時，我們的人會把神石搶回來。」

凌渡宇讚嘆一聲，聖女從劫機開始，每一個戰略都靈活周詳，使她每每能扭轉局勢，反敗為勝。

想到這裏，凌渡宇道：「里奧！告訴我，那神石是否你們從美國一所博物館裏偷回來的？」

里奧目瞪口呆，失聲道：「你是神仙嗎？怎麼會知道？」

凌渡宇失笑道：「這消息是本年度最傑出的花邊新聞，就算不是神仙，又怎能不知道。」

里奧長長嘆了一口氣道：「那是阿拉賜給的東西，不知怎的落在一個異教徒手裏，帶離了我們的故鄉，那混蛋還捐給了博物館，幸好聖女在找尋默金時，阿拉安排她看到了那神石，所以阿拉永遠是站在我們這一邊，我們一定可以擊敗圖雷阿人。」

凌渡宇這才明白了其中曲折，順口問道：「假設擊敗了圖雷阿人，你們會怎樣對待他們，將他們趕出沙漠嗎？」

里奧搖頭道：「不！聖女說沙漠是屬於每一個部落的，只要圖雷阿人不壓榨我們，大家將以平等地位和平共存。」

凌渡宇噢一聲叫了起來，想不到聖女有這樣的胸襟，衝着這點，便要助她一臂之力。

一片陰影掠過心頭。

他想起默金腹內的追蹤器，想起那在螳螂和蟬背後的黃雀——尼均。

當天晚上，他們在一道乾涸了的河床紮營。

默金疲倦欲死，一早睡着了。

凌渡宇思潮起伏，步出了營帳。

壯麗的獵戶座在東南方的天際，在它的右下方是天狼星，閃着藍白色的光芒，若一粒耀目的寶石。

戰士們大多還未歇息，圍坐在一堆堆的營火旁，喝着茶。還有一些戰士把袍服蓋過全身，怪物般俯伏沙上，向着麥加的方向晚禱。

凌渡宇悠閒地踏步。營地的外圍有十多名戰士放哨，見到凌渡宇只是請安，沒有干涉他的行動。

一個戰士來到他身邊，恭敬地道：「聖女請你到她的帳幕去。」

在帳幕裏，聖女換上雪白的長袍，脫下了面紗，眼神清澈如故。凌渡宇在她對面坐了下來，想起德馬說過的話，心房不爭氣地急速上下跳躍，像隻頑皮的猴子。

聖女平靜地道：「默金愈來愈衰弱了，我看他不能再支持下去，唉！人類的互不信任和偏見，使我們白白錯失了一個改變人類文明的機會，希望今次可以把失去的得回來。」

凌渡宇大惑不解地問道：「我不明白你在說甚麼？」

聖女幽幽道：「太多事我們不明白了，是了！默金告訴我，你知道藏御神器的地方，只要到了木祖克沙漠的荒城，你便可以找到，是嗎？」

凌渡宇點頭，道：「是的？告訴我，默金怎麼會這樣？是否用盡了御神器賜與的能量。」

聖女道：「不是賜與，而是開啟，御神器是打開人類潛在能力的神物。」

凌渡宇恍然道：「我明白了，你是說御神器啟發了默金的潛力，現在潛力已用罄了。」

聖女道：「潛力是不會用罄的，至少不是在短短的數百年內，只因為默金受不了御神器的龐大能量，兼之時間短促，只啟動了一小部份的潛力，所以才有力量減退的現象出現。其實我們每個人都有無盡的潛力，只是不懂運用，就像一個億萬富豪，忘記了存款的銀行在哪裏，以致不名一文，生老病死，那是人類的悲劇。」

凌渡宇想起小孩們清澈動人的眼睛，成長後眼神變為混濁，老年時更是昏暗無神，正如聖女所説的活力逐漸衰退。

凌渡宇道：「御神器究竟是甚麼東西？」

聖女道：「御神器是諸神的精神結晶。」

凌渡宇茫然道：「我不明白。」

聖女平靜地道：「人類並不是地球上唯一締造了文明的生物，在悠久的歲月裏，文明此起彼落，代表着真神的不同實驗。每一種生命形式，由一條魚到一個人，都是生命自我追求完善的實驗。」

凌渡宇皺眉道：「真神？」

聖女輕輕道：「真神！祂是生命的全部。」

凌渡宇渾身一震，想起了紅樹口中的上帝（事見《上帝之謎》）。

聖女眼神深遠無盡，嘆了一口氣道：「在古印度的典籍裏，曾經記載了關於生命和文明演化的一鱗半爪。

「每一個演化，都須花上億計的年月。古籍中説，總共可分為四個演化時期，就是由金的時代，遞變至銀的時代、銅的時代和鐵的時代。」

凌渡宇道：「我也聽過，他們説現在是鐵的時代。金的時代最光明，此後經歷銀和銅，每況愈下，到了我們這鐵的時代最是黑暗，人類精神沉淪，萬劫不復。但這只是宗教的比喻。」

聖女眼中閃動着智慧的光芒，道：「鐵的時代也是機器的時代，人類遠離了他本身擁有龐大無匹的能力，沉迷於物欲和借助工具的苦海裏。」

凌渡宇道：「這我就不知道了，但和御神器有甚麼關係？」

聖女沉默了一會，凝視着凌渡宇的眼睛。

凌渡宇有點緊張，期望着聖女的答案。

聖女嘆了一口氣道：「你是個很特別的人，多年來從來沒有人能令我回頭一顧，很多時甚至忍不住對人類的愚昧嗤之以鼻，但你卻能令我感到心動。」

凌渡宇老臉一紅道：「我也不得不坦白招供，在沙漠的大多日子裏，記得的夢總有你的參與。」

聖女垂下頭道：「可惜我不能像一般女子般，享受人類的愛情。」

凌渡宇奇道：「為甚麼？」

聖女回復平靜地回答：「因為我接觸到御神器，體驗到自身的超越和偉大。」

凌渡宇叫起來道：「那究竟是甚麼鬼東西，告訴我。」

聖女露出罕有的笑容，有若乾燥的沙漠上湧出了一個大噴泉。

凌渡宇看得呆了起來。

聖女低語道：「御神器並不是甚麼鬼東西，用一個你比較易明白的方式說：它來自黃金時代。來自那時代的文明，那也是諸神存在的世紀。」

凌渡宇道：「你怎知道？」

聖女道：「當你和御神器接觸一段時間後，你便能聽懂它對你的說話，知道這一切。」

凌渡宇道：「真的有神嗎？」

聖女道：「當然有，我們也可以變成神，只要你能真正去認識自己，認識你擁有的全部，你們中國人不是有修仙的法門嗎？性命相修，最後變成大羅金仙。」

凌渡宇道：「但那載着御神器的神石明明是來自外太空的東西，假若那是屬於千億年前一個已毀滅的文明，或是如你所說神的文明留下來的東西，應該是從地裏由考古學家掘出來的才是。」

聖女道：「在那久遠的年代裏，生命發揮到極限，衍化出神的生物。祂們不須借助於我們習慣的工具，便能在地球上任意逍遙。」

凌渡宇哂道：「他們仍是毀滅了，看來還是有局限。」

聖女道：「生命不斷尋求最理想的存在形式，祂們是一個實驗，我們則是另一個實驗，祂們失敗了，現在輪到了我們。」

凌渡宇道：「但御神器究竟是甚麼東西，你還未曾回答我。」

聖女道：「在那諸神世界裏，諸神身上發生了毀滅性的變化，當祂們知道時，已沒法再走回頭路，唯有眼白白步向滅亡。」

凌渡宇奇道：「難道是戰爭？」

聖女道：「那是比戰爭還可怕的事。諸神的文明是完全側重精神力量的文明，捨棄了物質的發展，可惜生命是須要物質和精神兩者並行不悖的，側重任何一方，都會走上滅亡的道路。諸神便是這樣，當精神愈來愈強大，令祂們可以剎那間暢遊宇宙，思索最深奧的問題，身體卻不斷衰朽破敗，經過了以千年的奮鬥，終於敵不過自然的定律，物質肉體的死亡，成為無可改變的事實。肉體死，精神無所依歸，同趨死亡。」

凌渡宇不解地道：「難道祂們不能用精神去改變物質嗎？」

聖女道：「在精神發展的初期是可以的，但當精神變成龐大如海般的力量時，一個杯子怎能裝載，或者以我們的軀體，怎可以負擔一萬公斤重的腦袋，生命的演化是受到自然法則的限制，一定要循序漸進，所以當祂們發生問題時，已是回天乏力。」

凌渡宇道：「我不能說真了解，但總算有點明白了。所以我們這一代生命的遺傳因子裏，保留了這個教訓，於是整個文明便傾向於物質的發展。」

聖女眼中發出讚賞的神色道：「你真是個有智慧的人。」深深吸了一口氣，續道：「就在滅亡的前夕，諸神的靈覺聚在一起，把祂們偉大的文明和智慧，以精神的力量熔鑄形成一根圓管，那就是御神器，包含了整個文明的成果。

「祂們又把動力和能量注進一塊石裏，成為裝載御神器的神石。再將這儲存器用祂們集體的力量，投射向宇宙無限的深處去，希望其他的天外文明能有機會接觸到這曾經存在於地球上的高度文明。」

凌渡宇道：「我明白了，這就是你說『它回來了』的原因。」

聖女道：「是的，它回來了，百多年前的晚上我和默金恰好在它回來的落點，可是，它為甚麼會回來？」

曙光從帳幕外透入來，他們談了一整夜。

起程的時間又到了。

第九章 御神器

在平靜、單調和艱苦的四天旅程後，來到了木祖克沙漠的東南角，開始進入這奇異的區域。

默金曾告訴他，木祖克是最古老沙漠的部份，變化多端，這不單是指忽來忽去的風沙和暴雨，還指它多樣化的地貌。

在以千計的年月前，阿拉伯民族曾在這區域內建設了有規模的城市，後來隨着天氣的劣化、火山爆發、城市被廢棄，最後成了沙漠中的廢墟，成為豺狼出沒的處所。

凌渡宇想起聖女對默金的咒語，咒他死後屍骨為豺狼分食，禁不住打了個寒噤。

大隊人馬每天重複睡覺、走路、進食和祈禱，再沒有其他的事可做。

在這孤獨的天地裏，敵人的威脅變成遙不可觸的東西。

聖女依然是那麼沉着、飄然。通過了御神器，她運用了人類潛在的龐大能源，變成了不吃人間煙火的女神，就像黃金世紀裏的神人。

默金的情況愈來愈壞，凌渡宇要和他共乘一駝，扶持着，他才能繼續旅程。

第五天近黃昏時，他們來到一堵橫亙的山丘前。

眾人沿着山丘而行。

里奧道：「這是木祖克隘口，是從東南方進入木祖克的唯一通道。」

凌渡宇升起不安的第六感覺，在隘口的另一邊，橫亙着令人震慄的危機。

凌渡宇道：「還有多久才可穿過隘口？」

里奧道：「再走上兩個小時，入黑後可以穿過，進入『魔鬼之心大峽谷』。」

凌渡宇道：「假設有人在那裏伏擊我們，有沒有機會逃走。」

里奧愕然道：「這不大可能吧！我們比白狼最少早走了一天。」

默金沙啞地笑起來，咳着道：「假若白狼連夜急趕，我不信他們追不上你這班來遊山玩水的娘兒，哈……」又咳起上來。

里奧道：「這必須白狼清楚知道我們的目的地，才可以趕在我們的前頭。但這是極端的秘密，即管在族裏，亦只有聖女、德馬和我知道。」

淩渡宇一想，這也是實情，連忙把這個想法拋開。

太陽下山後，氣溫急轉直降，東北風猛力颳着，把塵土吹得飛揚半天。

他們的速度被迫放緩，延遲了個多小時，才來到丘陵的斷裂處，木祖克隘口。

峽谷深進，兩旁高山陡峭，地上鋪滿礫石和鵝卵石。

兩邊一塊塊巨岩幽靈般豎立着，一副請君入甕的模樣。

聖女傳下命令，在隘口外紮營。

這並不是原來的計劃，只因風沙阻延，誤了行程，被迫在隘口外休息。

風沙愈來愈急，到了午夜，老天嘩啦啦下起雨來，打得帳幕「的嗒」作響。

駱駝歡欣嗥叫，仰頭張口，讓雨點直接流進乾涸了的喉嚨。

在沙漠這麼多天，還是首次遇上下雨，感覺分外新奇。

默金精神好了一點，坐了起來，喝着里奧燒給他的甜茶，一面和里奧高談闊論。

凌渡宇驀地面色凝重起來。

里奧不解地望向他，還未說話。

帳外傳來尖鋭的叫喊，跟着是一下槍響，接着四方八面都是人聲和槍聲。

里奧面色一變，一把抓起形影不離的衝鋒槍，衝了出去。

凌渡宇一手拿回自己的武器，一手扶起默金，倉忙走出帳幕外。

槍聲和喊殺聲四起，駱駝狼奔鼠竄，戰士們不斷倒下。

敵人在明顯的壓倒性優勢裏。

一群人向他直奔過來，里奧一馬當先道：「我來掩護，你兩人和聖女先走。」

凌渡宇急道：「聖女在哪裏？」

里奧道：「沒時間了，跟我們來。」

這群戰士當先開路，在黑暗裏向前進。

戰士一個個倒下，鮮血隨着雨水吸進沙內，不留下半點痕跡。

當他們來到峽谷口時，只剩下了二十多人，大半帶着傷。

一個纖長的黑影從峽谷跳了出來，凌渡宇本能提起步槍。

里奧急道：「不！是聖女。」

聖女依然是那樣氣定神閒道：「隨我來，探到了一條路。」

槍聲愈趨激烈，雨勢卻慢了下來。

里奧把身上的兩個羊皮水囊搭在凌渡宇肩上，又把一條盛滿乾糧的袋紮在他的腰間道：「聖女不要這些，我們這些凡人卻不可一日無之。」

凌渡宇愕然道：「你不走嗎？」

里奧肅然道：「這並不是阿拉的安排，假若全部人都要走，便一個也逃不了，但只是三個人走，阿拉會保祐你們，朋友珍重了。」

里奧大喊一聲，眾戰士隨着他，當先往峽谷內衝去，槍聲如雨般密集。

聖女道：「隨我來！」往峽谷的一側竄去。

凌渡宇一把架起默金，緊隨而去。

四個小時後，他們遠離了這令人心神顫動、血雨腥風的魔鬼峽谷。

天色漸明。

他們在山區內推進，聖女在前帶路，裊裊婷婷，有若仙人引路。

最後聖女在一隱蔽處停了下來。

凌渡宇放下昏迷了的默金，疲倦欲死，閉上雙目在不斷喘氣。

一隻纖手搭在他寬闊的肩頭。

凌渡宇張開眼睛，接觸到聖女清澈的美目。

凌渡宇把手搭在聖女的手背上，感到生命在晶瑩的肌膚下堅強地跳動。

聖女仰首望向漸白的天色道：「快天亮了！我們只能在晚間趕路。」

凌渡宇感受着這珍貴的溫馨，欲閉目休息，又捨不得把眼光從聖女的臉上移開。

聖女垂下頭道：「默金的生命快完結了，我感覺得到。」

凌渡宇嘆了一口氣，道：「昨晚那場豪雨救了我們，假若我們進入峽谷，肯定是全軍覆滅的命運。究竟敵人是誰。」

聖女道：「我看到了白狼。」

凌渡宇愕然道：「他怎能趕在我們前頭？」

聖女縮回了纖手，站起身來，走到默金身前，仔細地察視，好一會才轉過身來道：「有人告訴了他我們的目的地。」

凌渡宇失聲道：「一定是德馬，在死前出賣了我們。」

聖女道：「我們的處境很危險，白狼一定不會死心，只不知他知道了多少。德馬是知道大約的地點的。」

凌渡宇道：「你是太羅金仙，幾個凡人也應付不了嗎？」

聖女第二次露出動人的微笑道：「我只是個小羅鐵仙，否則又哪須找尋那御神器，唉！如果默金能遲多幾天才偷走御神器，人類的歷史可能會改寫。」這是她第一次開玩笑。

凌渡宇默言無語，他想到白狼，也想到尼均。

假設他是尼均，一定會在默金離開木祖克沙漠時加以截擊。因為那代表默金已取到御神器，才會離開。

唯一的優勢，就是尼均並不知道他們識破了他的陰謀，這還得多謝白狼，否則也不會引得尼均方面的人現身出來。

另一個問題是那神石。

若是白狼知道神石是啓動御神器的工具，特拉賈坎特人就休想從他手上把神石奪回來。

這麼多難解的死結橫亙在眼前，使一向足智多謀的他，也有點束手無策。

不過他絕不氣餒。

「氣餒」這兩個字永不存在他的思域內。

當天黃昏後，默金醒了過來，精神出奇地好。

他站起身來，活動着筋骨。

聖女放下了面紗，抵擋着他灼熱的眼光。

三人在蜿蜒崎嶇的山路上緩緩而行，目的地是山區內廢棄的荒城，一個位於有「魔眼」之稱的活火山下的隱蔽處所。

荒城依山勢而築，長年受到風沙的吹襲，只剩下隱約可辨的泥牆和土坑。

據默金估計，最遲明天晚上，應該可以抵達荒城。

在趕路途中，不時遠遠看到圖雷阿的戰士，為了隱藏行蹤，須要不時繞圈子，行遠路，整個晚上只是推進了四、五公里。

太陽出來前，他們找了一個洞穴，躲了進去。

默金興致極好，不停地述說他百多年的偉大歷史。

聖女坐在一角，俏臉隱在面紗後，不露半點聲色。

凌渡宇做了唯一有反應的觀眾，有一句沒一句地搭訕。

說話間，默金忽然停了下來，張口結舌地望着洞穴外，眼中射出驚懼的神色。

凌渡宇轉頭望去，也嚇了一跳。

一頭粗壯的豺狼靜靜地站在那裏，頸項的毛箭豬般豎了起來，閃着綠餤的眼睛，緊緊盯着他們三人。

他知道默金的恐懼。

他恐懼聖女的詛咒成為事實。

淩渡宇拾起石頭，用力向豺狼擲去。

豺狼一縮避過石頭，盯了他們幾眼，掉頭走了。

淩渡宇走出洞外。

默金跟了出來，細察地上的沙石，指着地上的爪印道：「不止一頭，一、二，最少有三頭。」

淩渡宇安慰道：「這是很平常的事吧！」

默金把頭猛搖道：「不！豺狼等閒不會接近生人，牠們是嗅到死亡的氣息。」

默金走到一角，雙手環抱膝頭，瑟縮在一角。

三人一路逃亡，默金和聖女始終無一語交談。

午後，太陽的熱力透進洞來。

聖女不用休息，成為了在洞外放哨的最佳人選。

凌渡宇走出洞外，向聖女問道：「外面的情形怎樣？」

聖女道：「沒有異樣，像沙漠的平靜。」

凌渡宇壓低聲音道：「默金的情況很不妙，衰弱得怕人。」默金的時好時壞，使他大感頭痛。

聖女道：「無論如何，今晚我們要到魔眼山去。」

凌渡宇回頭看了正在閉目的默金一眼道：「他呢？」

聖女盯着默金，好一會才長長嘆息道：「你以為他可以活過今天嗎？」

凌渡宇虎軀一震。

他和默金一番患難，建立了真摯的感情，生離死別，自然感到難過。

默金忽地睜開眼睛，沙啞着叫道：「你……你過來。」

凌渡宇走了過去，在他身旁蹲下道：「怎麼了？老朋友。」

默金道：「扶我到洞外。」

凌渡宇把他攙扶起來，來到洞外，在一塊大石旁，讓他坐下。

這處恰好是山腰的位置。

茫茫的沙漠在山區外無限地延展，陽光映射下，如若廣闊無邊的金色汪洋。默金道：「小凌，你代我告訴她，從第一眼看到她開始，直到今天，我只愛她一人，只夢見到她一人，可是我卻沒有後悔偷走了御神器，只有那樣，她才會永遠記着我。哈……記着，死後不要把我埋在土裏，我怕黑，哈哈……」

凌渡宇哭笑皆非，一陣感動。

默金坐直了身子，極目眼前廣闊奇異的天地，喃喃道：「生命真是美麗！」

身子一軟，挨倒石上。

淩渡宇心中一凜，伸手探他鼻息，已沒有了氣。

他活了一百五十七年，終於在他獲得生命力量的同一地點，走到生命的盡頭。

淩渡宇回頭，聖女站在他身後。

他想說話，卻說不出來。

聖女道：「不用說了，我聽到他說的每一個字。」

她來到默金身旁，伸手溫柔地撫摸默金滿佈皺紋的老臉，低聲道：「自你從我父親處買了我後，我沒有一刻喜歡過你，除了這一刻。」

將擺放默金的屍體的洞穴口用石頭和乾枝封起來後，淩渡宇和聖女趁着月色，在山路飛快奔馳，往魔眼火山下的荒城進發。

兩個小時後，魔眼火山矗然挺立在正北方。

淩渡宇和聖女兩人加快了腳步，三個小時後，荒城出現在山脊的另一面。

明月高掛天上，灑下了金黃的清光。

荒城的土牆縱橫交錯，織成大幅的美麗圖案，蜘蛛網般籠罩着火山的山腰，表現了人類文明活動留下來的歷史痕跡。

廣闊的天地裏，不時響起豺狼的嗥叫，粉碎了山區的寧靜，使人感到危機四伏。

晚風呼呼吹來，寒意襲體。

凌渡宇停下腳步，用心重溫默金告訴他的收藏地點。

凌渡宇呼了一口氣道：「御神器會否給人拿走了？」

聖女搖頭道：「不！御神器一落人手，或附在人身上，我都會生出感應，所以當默金偷了御神器後，我一直追了他幾十天，御神器的確是奇妙的東西。」

凌渡宇道：「白狼在哪裏？」

聖女道：「白狼在這裏。我感覺到他的存在，德馬德馬，你怎可幫助你的敵人。」

凌渡宇道：「怎麼辦？一拿到御神器，他會現身出來搶奪。」

聖女淡淡道：「把御神器拿到手後，我們立即逃走，一切聽從阿拉的安排。」

凌渡宇一手拉着聖女的玉臂，阻止她的行動，沉聲道：「一直以來你都是神，在這一刻卻變成了人，現在由我安排。」

聖女幽幽道：「我一直都是人，只不過暫時克服了生老病死，發展人類『神』的一小部份罷了。你現在有甚麼辦法？」

凌渡宇道：「白狼從德馬處盡悉一切，但必然未知道藏寶地點，這是他的最大弱點，可大加利用。」

「首先，為了使我們安心把御神器找出來，他是不會把人手佈置在荒城裏，而只會躲在能監視整個荒城的最佳地點……」指着魔鬼火山口，續道：「就是那火山口，那是可俯察整個荒城的位置、只需三十分鐘便可以到達荒城最邊緣的位置。」

聖女道：「你的分析很透徹。」

凌渡宇道：「現在你先找個地方隱藏起來，監視着荒城的動靜，我獨自一人裝作拿了御神器，然後全力逃走。你看準機會，趁白狼追捕我時，潛了過去，取御神器。我看幸運的話，你可以在近火山口處找到神石，我不信白狼這貪婪的強徒會抬着那神石來追我。」

聖女眼波一閃道：「這樣對你太不公平了。我只是坐享其成。」

凌渡宇道：「放心，比白狼兇悍狡猾十倍的人我也應付過。」

聖女道：「可是這裏是你不熟悉的沙漠。」

凌渡宇道：「以前是，卻非現在，我對沙漠比對我的女人更熟悉。現在留心聽着。」

他簡單明確地把藏御神器的地點指示出來，面對着荒城，自然比默金的沙上談兵容易得多。

聖女道：「我們在甚麼地方會合？」

凌渡宇笑道：「你吸收了黃金時代整個文明的精粹，變成乘雲氣、御飛龍、逍遙於四海的真神後，哪會怕找不到我這凡人，說不定還可度我成仙。」

聖女眼中閃動着光芒，慢慢地俯前來，櫻唇輕輕在凌渡宇面頰一印，乍合又分。

香唇溫潤豐腴。

凌渡宇閉上眼睛，夢幻般道：「雖然不能在我嘴上留下唇印，唇印卻永遠留在我心裏。」

一振精神，提槍走下山坡，往山坡另一端的荒城大步走去，沒入頹牆的暗影裏。

十分鐘後，凌渡宇猛地從荒城處跳出來，往另一個方向迅速逃去。

同一時間人聲鼎沸，數以百計的人從火山口處現身出來，瘋狂地追下。

凌渡宇的估計完全正確，只不知他對自己逃走的能力，估計是否也同樣正確無誤。

凌渡宇努力往山區竄逃。

白狼不愧是一流的追蹤高手，始終緊躡着他。

圖雷阿戰士兵分多路，從不同的方向向他包抄。

凌渡宇首次覺得天上的月光很討厭，若非她慷慨的照明，逃走的機會至少大上一半，還有個多小時便天亮了，那時天地之大，也無藏身之所。

想到這裏，他忽地想到默金藏屍的山洞，他們用石頭把洞封閉，或者可以暫時瞞過追兵，待白狼走過了頭，他便可以轉回去和聖女會合。

他藉着山勢、岩石的遮掩，朝山洞奔去。

機槍聲不住響起，使他的逃走更是困難，若非在山內，他的背脊最少開了十來個彈洞。

他不能採取直線逃走，敵人愈追愈近，有一個時間，最近的圖雷阿戰士只在三百米許外的距離，迫得他回身開火，阻截追兵。

幸好阿拉尚和他站在一邊，烏雲蓋掩了明月，他借助那刹那的黑暗，往山上爬去。

一忽兒後月色由暗漸明，但他已穿進了那個洞穴所在的險峭高山。

一個小時後，轉過了一個山峽，忽然前面傳來豺狼撕打爭食的聲音。

淩渡宇心中一涼，加快腳步。

入目的情景使他手足冰涼。

聖女的詛咒變成了現實。

難道她的詛咒含有精神的力量。

山洞的石頭被推得陷了進去，六、七隻豺狼在穴前爭奪搶吃默金的殘碎肢體。

凌渡宇悲呼一聲，自動步槍火光閃滅，豺狼在鮮血飛濺中滾地開去，沒有中槍的豺狼噬着口中的屍肉，狂逃去了。

凌渡宇來到洞穴前，地上一片狼藉。

這洞穴是不能再作躲藏用了。

凌渡宇暗嘆一聲，正欲離去，目光被地上一粒閃閃發光的物體吸引。

他心中一動，拾了起來。

正是那藏在獸金肚內的追蹤器，連着一點血肉，但卻沒有損毀。

凌渡宇來不及拭淨，納入懷中。

不一會大批圖雷阿的戰士如狼似虎般來到洞穴前，看到地上的狼屍和血漬，都驚疑不已，有人吹起號角來。

白狼出現，道：「他在哪裏？」眼光轉到洞穴，精神一振，喝道：「進去搜！」

十多名圖雷阿戰士如臨大敵，分散向洞穴迫近。

白狼成竹在胸，昂然站在眾人身後。

一個黑影從背後閃了出來。

白狼的反應也很快，立時轉身揮動槍柄，可是對方比他更快，腰腹處一陣劇痛，中了對方一下膝撞，對方猛劈他持槍的右手，步槍脱手掉在地上。

白狼左手給對方一扭一拖，不由自主隨對方向後退去。

白狼狂叫一聲。

他的手下愕然回身。

恰好見到白狼猛地一掙，脱去對方的掌握。

對方驚惶下一個轉身跳下斜坡，從石隙間野獸般逃去。

白狼鐵青着臉，狂叫道：「快追！」

手下蜂群般追去。

白狼看着對方逃走的方向，面上現出猙獰的笑容道：「想制着我，沒有那麼容易吧。」

他的一個手下道：「他逃往隘口那邊。」

白狼狂笑道：「阿拉保祐我們，立即吹響號角，通知守在隘口的人攔截他。」繼而面色一沉道：「今次看他逃到哪裏去，我得到御神器後，聖女還不乖乖聽我的命令。」

白狼站在山頭，夜梟般長笑起來。

淩渡宇全速衝刺，往隘口的方向奔去。

白狼親率大軍，從後迫來。

這是體能的比賽。

說到逃走，淩渡宇絕對是高手中的高手。當年在非洲的黑森林，他受到最兇悍的瑪雅族人千里追殺，最後終於逃了出來，還擊敗了他們著名的巫王。

他把呼吸調節到強勁有力的節奏，靈敏地注視四面八方的每一個細節，利用岩石和山勢，避過白狼無時或停的槍擊。

他穿過了一個山坡後。

赫然望見對面山上漫山遍野都是圖雷阿戰士，最少也有四百至五百人，對付這樣的雄師，連螳臂當車也說不上。

逃路全被封鎖。

凌渡宇一咬牙，往橫衝過斜坡，向着茫無涯岸的木祖克沙漠奔去。

白狼眼也瞪大起來站在一塊高聳的岩石上，遠眺着離開山區逃往沙漠的凌渡宇，陰惻惻地道：「這人簡直瘋了，給我牽駱駝來，我要一寸寸肉把他割下來，記着！我要活的。」

眾戰士轟然應諾。

太陽從地平線冒升起來，萬道光芒剎那間照亮了昏暗的沙漠。

凌渡宇咬牙切齒的在滿佈礫沙的地上急奔，接近體能的極限。

白狼的駱駝隊從後漫山遍野地追趕上來，離他只有二千多米。

距離迅速拉近。

凌渡宇逐漸接近對方槍擊的範圍內。

凌渡宇發力加速，熱汗從額頭上滾流下來，喉嚨炎火般在燒灼。

凌渡宇狂叫一聲，停止了衝勢，回轉身來，舉起自動步槍，作最後一擊。

要死也要死得像樣。

敵人放緩了駱駝，慢慢迫近。

凌渡宇昂然對着迫近的千多名圖雷阿戰士。

長號響起。

白狼舉起步槍，瞄準。

凌渡宇也舉起槍，只要殺掉白狼，大家便算扯平。

白狼左右兩側各衝出十多名戰士，齊齊舉起槍來。

只要多走二百米，兩方便進入射程內。

那也是生死立判的時刻。

百五米……一百米。

奇異的聲響從淩渡宇後方傳來。

眾人一齊愕然。

只有淩渡宇歡叫一聲，整個人俯伏沙上。

尼均方面的人終於來了。

他先前把默金遺下的追蹤器塞在白狼的腰帶裏，故意讓他逃脫，又引白狼追出沙漠，在旁虎視眈眈的尼均自然以為默金已得到了御神器，連忙出動，不過淩渡宇仍是覺得他們來晚了。因為他現也成了戰場上的一分子。

十二個黑點在西北方的天際迅速擴大，變成十二架直升機。

白狼早有前車之鑑，狂叫一聲道：「散開備戰，拿火箭炮！」

千多名戰士潮水般散往四方，狼奔虎跳，場面混亂不堪。

直升機剎那間迫近，裝在機身下的機炮連珠彈發，在煙屑火藥裏，圖雷阿人紛紛倒下。

激戰展開。

凌渡宇乘機向着荒城的方向走去。

一架直升機在空中攔腰爆斷，化作一條火柱，衝向地下。

轟隆聲和彈擊聲不絕於耳，濃煙瀰漫戰場。

尼均不顧一切地進行屠殺和強搶。

白狼的反擊力亦絕對不可輕視。

兩隻吃人的惡虎互鬥起來。

當凌渡宇潛回山區時，第三架直升機爆炸了開來。

凌渡宇在山區裏飛步走着，當他走進了一個峽谷口時，只見一個人正向着他奔來。

他吃了一驚，定睛一看，原來是聖女。

聖女看到了他，加快了速度，衝了過來，凌渡宇自然一伸猿臂，把她摟個正着。

聖女仰起俏臉，關切地問：「我以為你死了。」

凌渡宇道：「拿到沒有。」

聖女道：「拿到了。」一探手入懷。

凌渡宇阻止她道：「不用了。找到神石沒有。」

聖女道：「不知道，我心急着要尋你……」

凌渡宇感激地道：「好！我們回去，神石一定在火山口旁。」

火箭炮彈帶着一條長長的白煙，擊中了第五架直升機。

其他七架飛機立時加強了攻擊，鮮血染紅了黃沙。

白狼叫道：「孩兒們，退回山區裏！」

圖雷阿人且戰且走，向山區散去。

直升機鍥而不捨，御神器是志在必得之物，如何肯放過他們。

尼均在直升機上用望遠鏡看地上奔逃的圖雷阿人。煙火下，加上阿拉伯人的長袍，根本沒法子把默金辨認出來。

尼均下令道：「加強攻擊，元首說過不惜一切，也要得到這令人長生不老的奇物，就算多殺一萬個人，也是小問題。」

直升機的炮火更緊了。

「轟隆！」一第六架直升機俯衝時被地上的槍彈擊中，失去了平衡，一頭栽進黃沙裏，爆起了一天火光。

尼均罵道：「媽的！一定要在他們溜進山內前把他們消滅，再逐條屍搜。」

敵人的強大反擊力，使他大出意料之外。

凌渡宇回到荒城時，體力透支，使他不得不倚着泥牆，頹然坐了下來。

聖女溫柔地遞過水囊，灌他喝了幾口。

凌渡宇滿足地閉上雙目，胸口急促起伏。

好一會張開眼睛來，聖女凝視着他，眼中的神情非常複雜，不似往日的清平無波。

凌渡宇柔聲問道：「想甚麼？」

聖女搖頭，嘆了一口氣。

秀臉畫過一絲哀愁，輕輕道：「為甚麼美麗的時刻總是短暫？」

凌渡宇不知怎樣回答，抬頭望向高高在上的魔眼火山口道：「如果白狼帶了神石來，神石一定在上面。」

尼均罵道：「該死！他逃進山區裏去了。」他凝視着儀器板上的紅點，逐漸移向魔眼火山的方向。

他的一名手下道：「怎麼辦？」

尼均想了一會道：「他們最多只剩下十多人，我們繼續追去。」

機師道：「我們的燃油差不多消耗盡，再下去便不能作回程飛行了。」

尼均斷然道：「就地降落，八個人隨我去追蹤默金，其他人留在原地，和我們保持聯絡，隨時支援。」

聖女道：「看你累成那個樣子，再休息一會吧，白狼自顧不暇，哪還有心情理會我們，況且我方的人總會趕來。」

凌渡宇道：「休息了兩個多小時了，來！我們上去。」

太陽向地平線沉下去，發出千萬道霞光，迷人悽艷。

天色昏暗下來。金星高掛在西方的星空。

沙漠悠長的白天到了落幕的時刻。

炎陽讓位予明月。

月光又大又圓，清光灑下荒城，把天地融入金黃的色光裏。

荒城夜月，照亮了登山的山徑。

魔眼火山平圓的頂部，屹然聳立，俯瞰着千萬年撒哈拉大沙漠的盛衰變化。

凌渡宇和聖女兩人穿過荒城，默默往火山口走去。

被熔岩侵蝕的山坡，凹凸不平，他們小心走着，否則掉下陡峭的坑坡，便麻煩了。

他們仔細地搜索。

凌渡宇低呼道：「你看。」

聖女道：「是足印，直通往火山口。」

凌渡宇道：「我們估計沒錯，你看這道痕跡，是重物在地上拖曳造成的。」

兩人心情大佳，急步往上走去。

半個小時後，火山口映入眼簾，在三百多米之上。

在離成功如此接近的一刻時，可怕的事發生了。

強烈的電筒在四周亮起，把他們兩人籠罩在交集的光暈裏，纖毫畢露。

男子的聲音高叫道：「不要動，你們被包圍了！」

凌渡宇渾身一震，把提起步槍的動作硬生生停了下來，他實在太疲倦了，影響了他對危機的靈覺。

聖女沒有攜帶武器，靜悄悄地站在那裏。

另一男子的聲音讚嘆道：「天！這妞兒真美。」完全忽視了聖女的危險性，就像凌渡宇當日在機上犯的錯誤一樣。

九名大漢從四周的凹坑現身出來。

尼均來到凌渡宇身前六、七米處停下來，他深知凌渡宇的危險性，不敢向他走近。

尼均道：「擲下武器。」

凌渡宇拋下武器，故意道：「她只是個弱女子，不要傷害她。」

尼均道：「她是劫機分子，是嗎？」另一大漢走前，一腳踢開了他的武器，用槍指着凌渡宇的太陽穴。

尼均笑了起來道：「默金在哪裏？他應該在附近。」

凌渡宇道：「他在你身後。」

尼均自然地轉身望向後方，眾人的眼光亦緊跟過去。

聖女動了。

她的手一動，黑索由腰間飛出。

那速度遠超過人類的肉眼，劈啪兩聲，兩名站近的大漢慘嘶後退，被鞭梢點中人身最脆弱的部份——

他們的眼睛。

同一時間凌渡宇一矮身，避過了槍嘴，一肘正中對方的肋骨，順手把對方的自動步槍搶了過來。

尼均一聽己方的人慘叫，已知事態不妙，轉身欲掃射，黑索像地獄來的勾命符，毒蛇般纏着他的頸部。

大力一拉，打着轉向旁倒去，步槍失了準頭，誤中兩名提槍待發的大漢，鮮血飛濺下向後倒去。

凌渡宇手上的步槍早轟然響起，餘下三名大漢猝不及防下，紛紛倒在血光下，直向山坡滾下去。

凌渡宇用槍柄向身旁的大漢重擊了一下，對方昏倒後亦向下滾去。

形勢逆轉。

凌渡宇來到跪倒地上的尼均面前，冷笑道：「老朋友，滋味怎樣？」

尼均獰笑道：「不要這麼高興。」

凌渡宇心中一凜，一槍柄把他打暈。

尼均滑下山坡，一個通訊器在身上跌了出來，跟着直滾山下。

凌渡宇憤然道：「這老狐狸通知了人來，快！」當先往火山口走去，現下唯有趁對方直升機來到前，搶先到火山口運走神石。

兩人來到火山口的邊緣。

火山口內黑漆漆一片，像兇獸吞人而噬的無底大口。

著名木祖克尼沙漠的魔眼。

內裏死寂如墳墓，一點生氣也沒有。

「聖女！」

白狼的嘶叫聲從另一邊傳來。

兩人駭然望去。

滿身鮮血的白狼獨自一人站在二十多米外的火山口旁，右腳踏着物體，正是久違了的神石。

聖女「哦！」一聲叫了起來。

凌渡宇想撲過去。

白狼一提步槍喝道：「不要過來，否則我把這鬼東西推下去！」

聖女回復了平靜，淡然道：「你想怎樣？」

白狼仰天一陣獰笑，說不盡的蒼涼，叫道：「我要怎樣？我的兄弟不死則傷，就為了你這女人和這鬼東西。」

聖女道：「這不是鬼東西，這是神留下來的東西，毀滅了它，觸犯了諸神，你將永世不得超生。」

白狼呆了一呆，顯然從沒有想過問題這麼嚴重，聲音低下來道：「我不信！」

聖女踏前了幾步，把他們的距離縮短。

凌渡宇故意站後了幾步，減輕白狼提防之心，他知道聖女希望到達黑索可及的距離。

聖女柔聲道：「想想我的青春和美麗，只有神才能賜與。」

她這幾句提醒了白狼，使他不由自主把目光集中到她的臉上。

在月色下，聖女更是美艷絕倫。

白狼眼中現出茫然的神色，望着眼前這朝思暮想的女人，喃喃道：「你真美，比我夢中見到的你，要美上十倍、百倍。」

聖女蓮步姍姍，緩緩迫前。

聖女嘴唇輕顫，卻沒有發出聲來。

白狼道：「你說甚麼？」

聖女再踏前一步，便可以發鞭了。

「軋！軋！軋！」

天空響起連串的機槍聲。

白狼胸前血光飛濺，慘叫一聲，跌倒地上，剛好撞在神石上。

白狼再一聲慘嘶，連着神石，一齊滾落火山口。

慘叫聲由大變小，顯示白狼迅速下墮。

聖女悲叫一聲，想跟着撲下去，凌渡宇走上前來，攔腰抱個正着，向一道低坑滾去。

四周火花迸閃。

子彈驟雨般打在他們適才立足的地方。

六架直升機分成三架一組，怪鳥般在黑夜裏衝了出來，在火山口上盤旋。

強烈的射燈直照下來。

凌渡宇用身體覆蓋着聖女。

這時逃也不是，留也不能。

敵人處於完全的優勢。

「隆！」

山搖地動。

巨響從火山口底部傳來。

跟着發生的事，使人完全來不及反應。

一股紅色光柱從火山口射出，一下子整個火山口上廣闊的空間全為血紅的光芒所籠罩。

六架直升機發出閃電般的光輝，跟着機身轉為白色，由白色轉作透明，像蠟燭般熔解，化成光點灑下大地。

四周熱得要命。

凌渡宇兩人目瞪口呆，看着眼前的驚人變化。

血紅的強光逐漸收縮，變成籠罩着火山口里許方圓的空間。

神石通體發出白光，在紅光裏緩緩從火山口處升了上來，像有隻無形的手在托着。

神石停在半空中。

聖女噢一聲叫了出來，她懷內飛出一道光芒，緩緩地飛往空中的神石。

御神器。

凌渡宇心中閃過靈悟，他忽然明白到當年為甚麼御神器會脱離神石，跌在一旁，明白了為何默金取得神石和御神器後，不能把御神器嵌回去。

因為神石的能量已用罄。

當神石載着御神器在宇宙裏經過千億年的旅航後，重回地球，能量接近耗盡的階段，當聖女吸收了剩下的能量後，它其實已變成廢物，但冥冥中自有安排，現在神石在鬼推神助下，從火山內重新吸取了新的能量。

神石又活了過來。

它會怎樣做？

御神器從神石的上方，緩緩嵌了進去。

聖女跪了下來，俏臉發着聖潔的光輝，仰望着天空中的神蹟。

剎那間凌渡宇感覺到心靈內那無窮無盡的世界，無有盡頭的偉大能力。

假設那能源是個大海，人類畢生只運用了其中的一滴半滴。

在千億年以前，曾經有個黃金的時代，人類充份地運用全部能源，成為活着的神人。可惜極度的發展，引致精神和物質的不平衡，招致了無可挽回的滅亡。

祂們的事跡，被地球的種族以不同的神話記載下來。希臘的眾神，中國的天庭，埃及的諸仙，印度的神話……

剎那間淩渡宇看到諸神的世界。

邈姑射之山，有神人居焉，肌膚若冰雪，綽約若處子，不食五穀，吸風飲露，乘雲氣，御飛龍，遨遊四海之外。

任何言語也無法形容其中的萬一。

「蓬！」

神石載着御神器，化作一道彩霞，消失在九天之外。

它回去了。

回到天外。

繼續那永無休止的旅程。

或者有一天，當它遇上高度智慧的生命，對方會把它活了過來。

把整個在地球上茁長出來的諸神文明，釋放出來。

讓它為宇宙增添生命的姿采。

後記

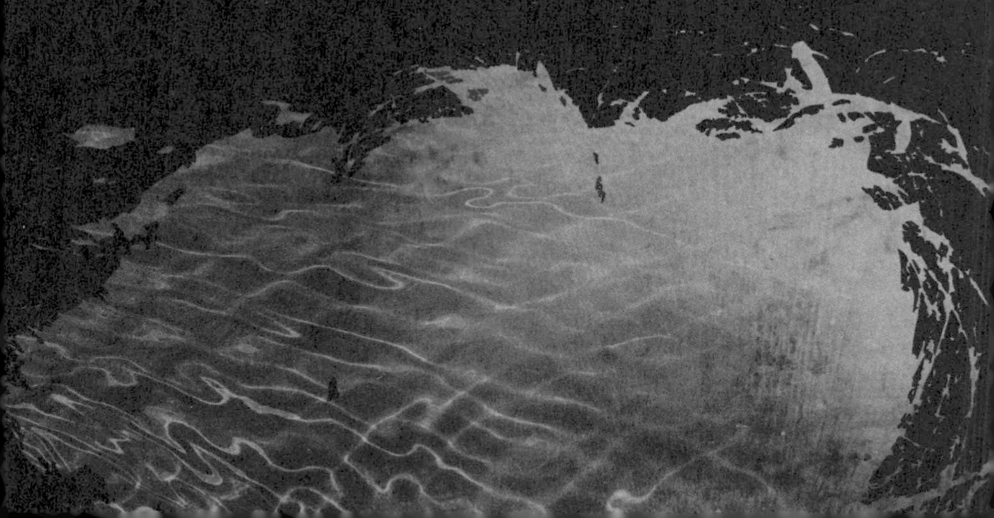

聖女指着山丘的遠處道：「走過這裏，便是通往摩洛哥的公路了。」

凌渡宇道：「你不再隨我走多一段路嗎？」

聖女淡淡道：「去吧！你是屬於那世界的，正如我屬於撒哈拉一樣。」

凌渡宇熟練的拍打駱駝，走了開去，又掉轉頭，回到聖女身邊，道：「我知道它為甚麼會回來。」

聖女靜靜地道：「為甚麼？」

凌渡宇道：「假設一件物體沿着球體往前行，最終有一天會繞過它，回到原來那一點上，這是一個『封閉的三度空間』。

「在一個『封閉的三度空間』裏，就如我們置身的宇宙，任何一個物體向空間投去，都會回到原來的起點上，因為我們的宇宙也是封閉的。」

聖女道：「但這封閉的宇宙外是甚麼呢？」

凌渡宇雙眼一翻，掉轉駱駝，急馳而去。

塵土在他身後飛揚着。
告別了。
令人又恨又愛的大荒漠。

黃易

經典・玄幻系列